古典詩歌研究彙刊

第五輯

龔鵬程 主編

第12冊

李商隱七言律詩之詞彙風格研究

羅娓淑 著

國家圖書館出版品預行編目資料

李商隱七言律詩之詞彙風格研究／羅娓淑 著 — 初版 — 台北
縣永和市：花木蘭文化出版社，2009〔民98〕

目 2+158 面；17×24 公分
（古典詩歌研究彙刊 第五輯；第 12 冊）

ISBN 978-986-6528-61-3（精裝）
1.（唐）李商隱 2.律詩 3.七言詩 4.詩評

851.4418 98000973

ISBN - 978-986-6528-61-3

9 789866 528613

古典詩歌研究彙刊
第五輯 第十二冊 ISBN：978-986-6528-61-3

李商隱七言律詩之詞彙風格研究

作 者 羅娓淑
主 編 龔鵬程
總 編 輯 杜潔祥
出 版 花木蘭文化出版社
發 行 所 花木蘭文化出版社
發 行 人 高小娟
聯絡地址 台北縣永和市中正路五九五號七樓之三
電話：02-2923-1455 ／傳真：02-2923-1452
網 址 http://www.huamulan.tw 信箱 sut81518@ms59.hinet.net
印 刷 普羅文化出版廣告事業
初 版 2009 年 3 月
定 價 第五輯 20 冊（精裝）新台幣 28,000 元

李商隱七言律詩之詞彙風格研究

羅娓淑 著

作者簡介

羅娓淑

1964 年生，台灣台南縣人。1985 年就讀靜宜大學中文系，啟發對中國學術思想與文學之興趣。1991 年進入淡江大學中文研究所，師從竺家寧先生學習現代語言學，並以詞彙風格為研究核心。畢業後旋即任職遠東科技大學，近年除致力於中文教學與性別教育外，研究主題亦擴展至佛經語言與性別領域。

提　　要

　　李商隱的詩歌向以穠豔隱晦著稱，而其藝術形式和相關的考釋工作，也始終都是義山詩歌研究的重心。事實上，如果放下層層「本事」的探求，而從語言學的角度來觀察李商隱的詩歌作品，則可發現，義山詩歌語言中所呈現出來的強烈個人色彩，便是語言風格學上很好的取材對象。因此，筆者嘗試利用語言風格學裡詞彙風格的觀念和方法，來研究李商隱七言律詩的詞彙風格。全文共分七章，首章先由緒論來說明本文研究領域、研究對象及研究架構。其次，由於鮮明的色彩和華瞻的詞藻正是義山藉以經營個人穠豔文風的主體，故在第二章裡，筆者即先就李商隱遣用顏色字時所呈現的個人習慣，來考察義山穠麗文風在詞彙風格上所顯示的意義，並在第三章中，進一步探究義山所使用之華詞的結構形式及其運用模式，來瞭解詩人在建構詩歌繽紛視象的過程中，所展現出來的言語特質。第四章則企圖透過義山對各種「詞」或「詞素」的重出，來觀察詩人在重複遣詞的過程中，所呈現出來的用詞模式，以顯示義山七律近體之詞彙風格。第五章是以李商隱七律中常見的數詞為討論對象，借其出現位置、出現方式來檢視李氏七言律詩的詞彙風格。而在第六章裡，筆者則由義山詩歌作品中，幾個獨特的用詞方式，來析解李商隱七律之又一詞彙特色。第七章乃總結說明各章研究之所得。透過上述各章的討論，筆者期能陳示出義山遣詞鍊句時所呈現出來的特定形式規律、描述作家驅遣語言時特有的個人習慣，以掌握李商隱七言律詩詞彙風格之所在。

目次

第一章　緒　論

一、何謂「語言風格學」

何謂「語言風格學」？黎運漢先生在《漢語風格探索》書中說：

> 語言風格學的重要內容之一是研究文學作品的語言，揭示塑造藝術形象的語言規律，描述作家語言風格的獨特風貌。〔註1〕

而竺家寧先生則說：

> 「語言風格學」是一門新興的科學，它是語言學和文學相結合的產物。換句話說，它是利用語言學的觀念與方法來分析文學作品的一條新途徑。原本廣義的「語言風格學」包含了一切語言形式的風格，既涵蓋口頭語言，也涵蓋書面語言，既處理文學語言，也處理非文學語言，而「風格」也包含了體裁風格（或文體風格）、時代風格、地域風格、個人風格諸方面。目前對於語言風格學的探討，多半採狹義的，把關注的焦點放在文學作品的個人風格上。〔註2〕

由此可見，語言風格學是以文學為研究對象的一門新興之學，正因為同以文學為素材，使得語言風格學與傳統修辭學及文藝風格學間產生

〔註 1〕黎運漢，《漢語風格探索》，頁 25。

〔註 2〕竺家寧，〈語言風格學之觀念與方法〉（見，《紀念程旨雲先生百年誕辰學術研討會論文集》，頁 275。）

了許多糾葛。其實三者間，無論是研究態度、研究方法及研究目的都不相同。黃慶萱先生在《修辭學》一書中說：

> 修辭學的定義應該是：修辭學是研究如何調整語文表意的方法，設計語文優美的形式，使精確而生動地表出說者或作者的意象，期能引起讀者之共鳴的一種藝術。〔註3〕

黎運漢、張維耿先生則說：

> 修辭就是在特定的語言環境下，選取恰當的語言形式，表達一定的思想內容，以增強表達效果的言語活動。修辭學就是研究如何根據具體語言環境和表達思想內容的需要，去選取恰當的語言形式，以提高表達效果的科學。〔註4〕

至於語言風格學與傳統風格研究的差異，黎運漢先生的看法是：

> 語言風格與文學風格是兩個不同的概念。它們屬於不同的科學範疇：前者屬於語言學，後者屬於文藝學。……「語言風格」是人們運用語言的各種特點的綜合表現……語言風格表現的領域要比文學風格表現的領域寬廣，它既表現於文學作品，也表現於非文學作品，它既包括文學作品的語言風格，也包括非文學作品的語言風格……「文學風格」是文學作品思想內容和藝術形式上的各種特點的綜合表現，是作家的思想修養、審美意識、藝術情趣、文藝素養（包括語言修善）等構成的藝術個性在文學作品中的凝聚反映。〔註5〕

程祥徽《語言風格初探》也說：

> 傳統的文體風格論與現代的語言風格學的最大區別是：文體風格論者將自己對各種不同文體的印象用形容性詞語描繪出來，即所謂雅、理、實、麗、綺靡……語言風格學卻是要研究言語氣氛所賴以體現的語言材料——語音、詞彙、語法格式，尤其注意同義成份或平行成份的選擇，這就可以避免依個人主觀感受給風格下斷語，將風格的探討

〔註3〕黃慶萱，《修辭學》，頁9。
〔註4〕黎運漢、張維耿，《現代漢語修辭學》，頁3。
〔註5〕同〔註1〕，頁5～6。

建立在有形可見的語言材料上。〔註6〕

因此，我們可以知道修辭學是以美感的有效傳達為研究之目的，講的是滿足文學作品美感的各種技巧，而傳統文學風格的研究則是以敘述作品的總體印象為重點，二者都必須間接、直接的為文學作品作價值評斷。語言風格學則不然，它是以語言學的方法來分析文學作品，為文學作品所呈現出來的語言現象作描述，故不以感性評判為能事，而以理性求真為出發。英國學者雷蒙德·查普曼在他的《語言學與文學》一書中曾說：

> 通過語言學來研究文學，若想獲得收益就必須把文學作為
> 語言的有效實現的可檢驗部分來對待。〔註7〕

換言之，語言風格學是以科學的態度來面對文學題材，而「根據客觀可驗證的觀察，運用適合資料的理論架構，以有系統的方式所進行的一種描述」，〔註8〕以期能如實的說明作家驅遣語言的個人習慣，瞭解作家掌握「語言」這個符號系統時所呈現出來的特定規律。事實上，這也就是把文學作品視為人類運用語言傳訊時的產物，是一種語言使用現象的觀察，因此，不以傳訊背後的情感經驗為發揮。本文即是在此一原則下，採取語言風格學裡詞彙風格的角度來探索作家的遣詞規律。

二、以李商隱七律為研究對象之說明

劉大杰先生在《中國文學發展史》·〈晚唐詩人〉裡說：

> 晚唐詩人，前期以李賀、杜牧、李商隱為代表，後期以杜
> 荀鶴為代表。……李商隱作詩，愛用冷僻的典故，精確的
> 對偶，工麗深細的語言，和美婉轉的音律，外形特別美麗，
> 意義往往隱晦。而其佳者，含蓄蘊藉，韻味深厚。他這種

〔註6〕程祥徽，《語言風格初探》，頁19～20。

〔註7〕雷蒙德·查普曼（Raymond Chapman），《語言學與文學》，（LINGUISTICS AND LITERATURE），頁19。

〔註8〕見（John Lyons／原著，張月珍／譯）《杭士基》（NOAM CHOMSKY）第二章〈現代語言學：目標與態度〉，頁11。

手法，後人不善於學習他的，徒有外貌，無其精神，很容易產生形式主義、唯美主義的偏向。

而在談到宋詩時，則又說：

宋初由楊億、劉筠、錢惟演領導的西崑詩派，一味追蹤李商隱，重對偶，用典故，尚纖巧，主妍華，造成僅有形式缺乏思想內容的虛浮作風。〔註9〕

葉慶炳先生也說：

晚唐詩之大家，自當推杜牧、李商隱。

並引宋劉攽《中山詩話》、葛立方《韻語陽秋‧卷二》說：

「祥符、天禧中，楊大年、錢文僖、晏元獻、劉子儀以文章立朝，為詩皆宗尚李義山，號西崑體。後進多竊義山語句。」

「咸平、景德中，錢惟演、劉筠首變詩格，而楊文公與王鼎、王綽號江東三虎，詩格與錢、劉亦絕相類，謂之西崑體。大率效李義山之為，豐富藻麗，不作枯瘠語。故楊文公在至道中得義山詩百餘篇，至於愛慕而不能釋手……是知文公之詩，有得於義山者為多矣。」〔註10〕

從這裡可以發現，李商隱的詩歌作品具有強烈的形式特色，並對後代詩歌形式的發展產生深遠影響，直接促成了詩歌流派之形成。因此，無論是由義山詩歌作品所具有的強烈形式特質來看，還是從詩人的文學地位來衡量，李商隱的詩歌作品都具有文學語言形式研究之價值。至於本文僅取義山七律為研究對象，一方面是因為，若以義山約六百首詩歌作品為範圍，筆者恐難在有限的時間裡對詩人的詞彙風格進行全面觀察，另一方面則是顧慮到近體詩嚴格的字限，對詩人詞彙的運用所可能產生的影響。因而僅鎖定義山詩歌作品裡藝術成就高、作品數量又不致太少的七言近體詩，作為本文研究之對象。錢鍾書在其《談藝錄》裡曾說：

〔註 9〕《中國文學發展史》，劉大杰，頁 527、532、689。
〔註10〕葉慶炳，《中國文學史》（上）頁 434、（下）頁 108。

缺的課題。在這一方面，義山除了講究詩歌平仄用韻之外，相同「詞素」或「詞」的重出，也是詩人借以增進音律和諧之美的重要手法。在李商隱的七律作品中，這類「詞素」或「詞」的重出，雖然種類結構不一，但詩人在用詞的過程中，卻顯露出一定的形式規律。因此本文乃在第四章中，企圖透過詩人在重複遣詞的過程中，所呈現出來的用詞模式，來說明李商隱七言律詩中另一項詞彙風格之所在。

　　對於語言的運用，不同的人便以不同的習慣方式表達，因此也就不自覺的形成了特定的使用模式，發展出一定的形式特徵。文學作品也是如此，除了上述各種詩人特意修飾所形成的用語特色外，許多語言形式的產生，往往都是在使用者無意造作的情形下完成的，這些語言形式，雖也共同承載詩人的思想、傳遞詩人的情感，卻因不以修飾為目的，故無美感刺激之可能，又因平凡無奇而難有顯眼之效果，因而即使是在詩人的詩歌作品中不斷的出現，也常會被讀者忽略而不察，更別說是受到評論者的青睞和推崇了。事實上，相類事物的反覆重出，無論是出現位置的統一、出現模式的相類，還是出現者自身，都屬於讀者在認知詩人作品時，對其言語形式所產生的總體印象中的一環，尤其是在形式短小、規格齊一的近體詩中，詩人在有限空間裡所呈現的特定規律，也將是他在遣詞用語中，最具體明顯的形式特徵。基於此，本文乃在第五章中討論了義山作品中，一個屢出卻又不為人所知覺的詞彙——數詞，借其出現位置、出現方式來檢視義山七言律詩又一詞彙風格。

　　另外，詞彙風格的展現，除能利用義山遣詞時習於採用的形式規律來說明，或是經由詞彙的使用頻率等來進行瞭解外，它同時也可藉由詩人的詞彙觀點和詞彙運用的方式來探查。換言之，除了美學範疇內所產生的各種設詞狀況，或造語過程中不自覺所使用的特定詞彙外，也能透過義山在作詩時鍊詞用字的方式及過程，來呈現詩人之遣詞特色。因此，在本文第六章裡，筆者乃從李商隱詩歌作品中幾個獨特的用詞方式，來析示義山七律之詞彙特色。

　　透過上述各章的討論，筆者期能具體呈示出李商隱在遣詞鍊句時所顯現的特定形式規律，以掌握義山七言律詩詞彙風格之所在。下面一章即先由詩人之顏色字談起。

第二章　顏色字之使用狀況及其語法功能

黃永武先生在他的《中國詩學‧設計篇》裏曾說：

> 詩是注重傳神的表現與生氣的躍動，所描寫的文字愈具體
> 愈真切，形象便愈凸出；所描繪的意象愈具活動力，在讀
> 者潛在經驗世界中喚起的共鳴也便愈強烈。

至於如何才能使意象浮現，黃先生則分八節論述，首即提出：「將抽
象的理論觀念，改作具體的圖畫的視覺意象」。而在《詩與美》一書
中，黃永武先生直接說：

> 詩人想使「詩中有畫」，讓意象鮮活，色彩的調配，是努力
> 雕飾時的重要環節。〔註1〕

可見，視覺意象是詩人轉化無形意念以成特定實境時的重要手段，而
顏色則能有效突顯這個心靈裡的圖象，因此歷來詩人皆常利用顏色字
本身所具有的形象特質，來經營詩歌裡的畫象世界。由於日常生活經
驗裡，色彩可以說是人們視覺快感的主要來源，也是視覺美感所以生
成的主體，因而用以描繪色彩的顏色字，便具有強烈的視覺示意功

〔註 1〕黃永武，《中國詩學‧設計篇》，頁 3、4。及《詩與美》，頁 21。又，
帕萊恩（Laurence Perrine）：「意象一詞或許最常指一種心靈的圖畫，
自心靈的眼睛所見的東西，視覺意象在詩中是最常發生的一種意
象。」（引自《李商隱詩研究論文集》‧姚一葦〈李商隱詩中的視覺
意象〉，頁 529）。

能，能刺激讀者的想像，從而產生具體可感的美麗意象。近體詩中，自晚唐以降，顏色字所持有的具象效能，便廣爲詩人所崇，成了唯美文人下筆時必爭的藝術技巧：

> 唯美文學中將修辭設色列爲詩的第一義，所以在唯美文學盛行的時代，色彩字也勢必隨著增加。……晚唐的唯美文學，是從李賀處獲得啓示的，李賀的色彩字已用得很多，世界十分虛幻。而李商隱、溫庭筠、杜牧，就是晚唐唯美文學的巨擘，都愛用色彩字。〔註2〕

義山既號爲唯美大家，顏色字的使用自然十分頻繁。在詩人的七律詩歌裏，不但三分之二以上作品曾見色彩字的運用，更有一首同用五次之例，〔註3〕無論是比率或種類，都具有一定的分量。因此筆者乃嘗試從不同顏色的使用狀況，來瞭解詩人運用此種特定詞彙時，所呈現出來的言語風格。

關於本文顏色字所涵概的範圍，除了青、碧、紅、黃、紫等用以指稱顏色的詞彙之外，具有多色同現義涵的「彩」字，也能引發色彩想像，因此也界屬在顏色字的範圍裡，而詩人常用來傳達視覺感受的名詞「色」，也具有描繪色澤功用，所以也收納在顏色字之列。〔註4〕

〔註2〕《詩與美》，黃永武，洪範書店，頁72、73。

〔註3〕以〈鄭州獻從叔舍人裦〉一首爲例：「蓬島煙霞閬苑鐘，三管箋奏附金龍。茅君奕世仙曹貴，許掾全家道氣濃。絳簡尚參黃紙案，丹爐猶用紫泥封。不知他日華陽洞，許上經樓第幾重。」詩中即用了「金」、「絳」、「黃」、「丹」、「紫」五色。

〔註4〕在梅祖麟、高友工先生的《論唐詩的語法、用字與意象》一文裡便曾提到：「有些名詞主要功用在於指出物體對視覺上或聽覺上的感受。『色』可與很多名詞連用，表現其視覺的感受性：山色、春色、柳色……『聲』、『色』等名詞本身雖抽象，但可以把與之連用的名詞具體化，因爲它象徵著感官上的種種感受。「鐘聲」之「聲」跟「黃金」之「黃」在意象功能上是相同的；「聲」加強「鐘」的聽覺效果，「黃」加強「金」的視覺感受。……在意象的造就上，是『聲』、『色』把『鐘』、『山』對於感官上的感受刻劃出來的。」（頁48）。由此可知，「色」雖不特指某種顏色對象，卻仍具有牽引視覺想像的能力，因納入本文所欲探究的範疇之內。至於〈曲江〉：「金輿不返傾城色」裡的「色」，乃指抽象之「美色」，並無實質的顏色義涵；而〈昨日〉：

　　不過，爲能有所區分，本文乃將自然語言裡實際用來稱呼各種色彩的詞彙，稱作「純粹的顏色字」，再把「彩」、「色」等類非眞指顏色卻又能引發視覺幻象的詞彙歸在「具色彩形象的詞彙」一類裡。至於專有名詞裡的顏色字，一般並不因名詞的特指義涵，而減損它視覺的聯想效果，「藍田」、「紫泉」一類所能產生的色彩意象，甚至比「青松」、「滄海」都要鮮明，〔註5〕所以本文亦作顏色字處理；除此之外，典故名詞裡的顏色字，如「青鳥」、「赤簫」、「碧雞」等，強烈的色彩形象更是躍然上目，自然也歸屬於本文顏色字之範疇。

　　至於本章的分類原則，由於義山對顏色字的使用有隨色略異的情況，因此在分類上，筆者乃先依詩人所使用的顏色分成十二色來進行瞭解。同時義山繁用典故的現象也對各個顏色字的出現方式產生了大小不一的影響，所以在觀察的過程中，將以義山用典與否，把詩人詞語之性質分作「一般性詞語」、「典故性詞語」及「專名性詞語」三類。〔註6〕最後再以顏色字主要的語法功能區別爲：「作名詞詞組之定語者」、「作複合名詞之構詞詞素者」及「作單音節詞用者」三組，並就其出現位置分爲：「出現在主語部分」、「出現在賓語部分」和既不出

　　　　「二八月輪蟾影破」裡的「影」，及〈寫意〉：「日向花間留返照」裡
　　　　的「照」，則是光線的描寫，並不能引發讀者對顏色的具體聯想，故
　　　　不作討論。
〔註5〕義山七律中帶有顏色字的人名，只曾出現在〈重過聖女祠〉的頸聯
　　　　裡：「萼綠華來無定所，杜蘭香去未移時」讀者在兩位仙女的名字裡
　　　　所能感受到的，已不只是花的意象而已，還有著香味與色澤的交融，
　　　　既無梅祖麟、高友工先生所言「張三、李四等只有指涉而缺乏描敍
　　　　的功能，因此沒有產生意象的可能。」(《論唐詩的語法、用字與意
　　　　象》頁49)的困擾，也不像人名「楊朱」的「朱」般，與顏色意義
　　　　無關(取例自《溫庭筠詩之語言風格研究─從顏色字的使用及其詩句
　　　　結構分析》，許瑞玲，國立成功大學中國文學研究所碩士論文，
　　　　1993)，故仍收入顏色字觀察。
〔註6〕關於「典故」的定義，江西教育出版社所編的《中國語言學大辭典》
　　　　頁279說：「①成語的一種。由古代傳說或歷史故事凝煉而成。如『女
　　　　媧補天』、『完璧歸趙』②泛指古代載籍中引用的歷史故事和有來歷
　　　　出處的詞語。」(江西教育出版社，1992)。

現在主語部分也不出現在賓語部分的「其他」等類型，來呈示李商隱
顏色字在語言結構上的運用傾向。

一、純粹的顏色字

（一）綠　色

1.【一般性詞語】

　　此處所謂的「一般性詞語」，乃是指相對於「典故性詞語」和「專
名性詞語」兩種特殊情形而言。至於部分專有名詞與典故重疊的特殊
情況，則以義山設詞之目的是否兼及事物所以得名的歷史成因，或詞
彙本身是否爲詩人描寫史事、敘述神跡時的用語，來作爲判準之依
據，兩者中任何一種皆可歸入「典故性詞語」裡。但若詩人造語之用
意純爲標指地點或稱號事物，則是爲「專名性詞語」。

（1）作名詞詞組之定語者

（a）出現在主語部分

　　<u>碧</u>草暗侵穿苑路　珠簾不捲枕江樓〈與同年李定言曲水閒
話戲作〉

　　<u>翠</u>袖自隨迴雪轉　燭房尋類外庭空〈和友人戲贈二首〉

　　<u>青</u>袍似草年年定　白髮如絲日日新〈春日寄懷〉

　　<u>碧</u>江地沒元相引　黃鶴沙邊亦少留〈無題〉

　　<u>滄</u>海月明珠有淚　藍田日暖玉生煙〈錦瑟〉

　　白石巖扉<u>碧</u>蘚滋　上清淪謫得歸遲〈重過聖女祠〉

　　密鎖重關掩<u>綠</u>苔　廊深閣迴此徘徊〈正月崇讓宅〉

「掩綠苔」實爲「綠苔掩」，指的是崇讓宅已遭綠苔侵掩，故「綠苔」
當是動詞謂語「掩」的主語。

　　神劍飛來不易銷　<u>碧</u>潭珍重駐蘭橈〈利州江潭作〉

　　紅壁寂寥崖蜜盡　<u>碧</u>簷迢遞霧巢空〈蜂〉

　　鳳尾香羅薄幾重　<u>碧</u>文圓頂夜深縫〈無題〉

　　憶事懷人兼得句　<u>翠</u>衾歸臥繡簾中〈藥轉〉

　　望斷平時<u>翠</u>輦過　空聞子夜鬼悲歌〈曲江〉

（b）出現在賓語部分

　　紫府丹成化鶴群　青松手植變龍文〈題道靖院院在中條山
故王顏中丞所置虢州刺史捨官居此今寫眞存焉〉

「青松手植變龍文」是「手植青松變龍文」之倒裝。

　　一丈紅薔擁翠筠　羅窗不識繞街塵〈題二首後重有戲贈任
秀才〉

　　吳岳曉光連翠巘　甘泉晚景上丹梯〈九成宮〉

　　蓮聳碧峰關路近　荷翻翠蓋水堂虛〈和劉評事永樂閒居見寄〉

　　露氣暗連青桂苑　風聲偏獵紫蘭叢〈藥轉〉

（c）其　他

　　所謂「其他」，是指既不出現在主語部分，也不擔任賓語成分的各
種可能的情況。由於近體詩具有「散漫性句法」的特質，〔註7〕詩句中
往往只見詩人把名詞或名詞詞組並列呈現，卻無具體的語法結構可供連
繫，因而統歸在「其他」一類裡。至於以顏色字所組成的詞組來作謂語，
或作特殊句式的語言片段等情形，也因爲分量不多而作「其他」處理。

　　斂笑凝眸意欲歌　高雲不動碧嵯峨〈聞歌〉

　　《李商隱詩歌集解》引胡以梅注曰：「通篇是聞歌而悲傷。起四字
歌者含悲意。二言歌之遏雲。碧嵯峨，注其不動之貌有致。」，〔註8〕
而陸崑曾在《李義山詩解》說：「『斂笑凝眸』二句，言歌者鄭重出之，
有響遏行雲之妙。」、姚培謙則曰：「斂笑凝眸，未歌也。只此歌意，
碧雲爲之遏住矣。」因知「碧」雖爲「嵯峨」之定語，但「嵯峨」則
是「高雲」之代稱，可作「不動的高雲如碧色嵯峨」或「高雲不動如
碧色嵯峨」、「高雲不動，高雲是碧色之嵯峨」等多種可能的解法，故
置於「其他」一欄。

　　夜看聖燈紅藹藹　曉驚飛石碧琅玕〈詠三學山〉

〔註7〕梅祖麟、高友工先生：「並列的名詞或名詞片語，其間並無任何語法
　　　聯繫，稱爲『散漫性』句法。」（《論唐詩的語法、用字與意象》，頁
　　　40）。
〔註8〕本文所引注解，除馮浩《玉谿生詩集箋注》外，餘皆取自劉學鍇、
　　　余恕誠先生之《李商隱詩歌集解》。

　　　　迢遞高城百尺樓　　<u>綠</u>楊枝外盡汀洲〈安定城樓〉

「綠楊枝外盡汀洲」實指「綠楊枝外、汀洲盡頭處」而言，是由兩組
方位詞組並列而成的詩句，並非句子結構。

（2）作複合名詞之構詞詞素者

　　（a）出現在主語部分

　　　三星自轉三山遠　　紫府程遙<u>碧</u>落寬〈當句有對〉

　　　朝來瀟水橋邊問　　未抵<u>青</u>袍送玉珂〈淚〉

馮浩注：「《唐六典》：『袍制有五，一曰青袍。』」可知「青袍」為當
時讀書人常穿的一種袍子之名稱。

　　　白足禪僧思敗道　　<u>青</u>袍御史擬休官〈天平公座中呈令狐令公〉

　　（b）出現在賓語部分

　　　君緣接坐交珠履　　我爲分行近<u>翠</u>翹〈梓州罷吟寄同舍〉

　　　珠樹重行憐<u>翡翠</u>　　玉樓雙舞羨鵁鶄〈飲席戲贈同舍〉

　　　蠟照半籠金<u>翡翠</u>　　麝熏微度繡芙蓉〈無題〉

在這一部分裡，「翠翹」的「翠」爲修飾成分，但後二句兩個「翡翠」
裡的「翠」卻非修飾成分，而是連綿詞「翡翠」的構詞詞素。

　　（c）其　他

　　　桃李盛時雖寂寞　　雪霜多後始<u>青蔥</u>〈題小松〉

　　　雪霜多後　始【青蔥】

　　　　　　主　　　　謂

　　　　　　　　　　狀　形

透過層次分析可以發現，顏色字「青」、「蔥」是以並列結構的形式來
作謂語動詞構詞詞素。正因爲詞彙本身的這個謂語性質，故而將其歸
從「其他」一類。

（3）作單音節詞用者

　　　蘭迴舊蕊緣屏<u>綠</u>　　椒綴新香和壁泥〈飲席戲贈同舍〉

「綠屏」與「和壁」對文，「綠」在此當是形容詞作名詞用，以同下

句中的名詞「泥」字相對應。

2.【典故性詞語】

　　在「典故性詞語」這一部分，爲了精簡篇幅，對於典故之引述說明乃以一次爲原則，其後若遇相同用典，僅標明參見頁碼而不再重複。至於一般常見習典，則只簡申出處，不再引敘原典。

（1）作名詞詞組之定語者

（a）出現在主語部分

　　碧城十二曲闌干　　犀辟塵埃玉辟寒〈碧城三首〉

道源注引《太平御覽》曰：「元始天尊居紫雲之閣，碧霞爲城。」因此「碧城」一語也是取自典故之中。

　　西園碧樹今誰主　　與近高窗臥聽秋〈十字水期韋潘侍御同

　　年不至時韋寓居水次故郭汾寧宅〉

朱鶴齡引曹植詩：「清夜遊西園。」鮑照〈蕪城賦〉：「璇淵碧樹。」馮注則引《淮南子》說：「珠樹、玉樹、璇樹、碧樹皆在崑崙增城之旁。」可見「碧樹」亦爲典故性詞語。

（b）出現在賓語部分

　　幾人曾預南薰曲　　終古蒼梧哭翠華〈詠史〉

朱鶴齡引〈上林賦〉：「建翠華之旗。」則「翠華」是裁取前人詩文而成。

　　虜歌太液翻黃鵠　　從獵陳倉獲碧雞〈寄令狐學士〉

馮浩引《漢書》·〈郊祀志〉：「宣帝及位，或言益州有金馬、碧雞之神，可醮祭而至，於是遣大夫王褒使持節而求之。」、《九州要記》：「禺同山有金馬、碧雞之祠。」則知「碧雞」亦有其來路出處。

　　星使追還不自由　　雙童捧上綠瓊軿〈和韓錄事送宮人入道〉

馮浩引《太上飛行九神玉經》：「凡行玉清、上清、太清之道，皆給玉童、玉女，乘瓊輪丹輿之屬。」知此爲用典之作。

（2）作複合名詞之構詞詞素者

（a）出現在主語部分

　　蓬萊此去無多路　青鳥殷勤爲探看〈無題〉
　　昨日紫姑神去也　今朝青鳥使來賒〈昨日〉
　　有娀未抵瀛洲遠　青雀如何鴆鳥媒〈中元作〉

關於「青雀」之典，馮浩注：「《山海經》‧〈大荒西經〉曰：『西有王母之山，有三青鳥，赤首黑目，一名曰大鶩，一名少鶩，一名青鳥。』注曰：『皆西王母所使也。』又見〈西山經〉三危之山，又見〈海內北經〉，注皆云：『爲王母取食』」。

　　青陵粉蝶休離恨　長定相逢二月中〈蜂〉

《彤管新編》：「韓憑爲宋康王舍人，妻何氏美，王欲之，捕舍人，築青陵臺，何氏作烏鵲歌以見志，遂自縊死韓亦死。」、《列異傳》：「宋康王埋韓憑夫妻，宿昔文梓生，有鴛鴦雌雄各一，恒棲樹上，音聲感人。或云：化爲蝴蝶。」。

　　白社幽閒君暫居　青雲器業我全疏〈和劉評事永樂閒居見寄〉

由上可見，偏正結構名詞詞組「青雲器業」在句子中是作主語來用，而顏色字「青」則是另一個偏正結構名詞的定語。至於「青雲」一語乃出《史記》‧〈范雎傳〉，喻指高位也。

　　幾人曾預南薰曲　終古蒼梧哭翠華〈詠史〉

程夢星注：「《史記》：『舜南巡狩，崩於蒼梧之野。』」故「蒼梧」乃是舊典裡的專有名詞。

　　萼綠華來無定所　杜蘭香去未移時〈重過聖女祠〉

馮注：「《真誥》：『萼綠華者，自云是南山人，不知是何山也。女子，

年可二十上下，……以生平三年十一月十日夜降於羊權家……」。

　　青冢路邊南雁盡　細腰宮裏北人過〈聞歌〉

馮注：「《寰宇記》：『青塚在振武軍金河縣西北，漢王昭君葬於此，其上草色常青。』」則「青冢」乃用「昭君」之典。

　　（b）出現在賓語部分

　　蕃兒襁負來青塚　狄女壺漿出白登〈贈別前蔚州契苾使君〉

　　運去不逢青海馬　力窮難拔蜀山蛇〈詠史〉

朱鶴齡注：「《隋書》：『吐谷渾青海中有小山，其俗至多輒放牝馬於其上，言得龍種。有波斯草馬，放入海，因生驄駒，日行千里，故時稱青海驄馬。」

3. 【專名性詞語】

　　由於「專有名詞」中所談的必為構詞詞素，因之，僅就其語法功能分成：「出現在主語部分」和「其他」兩類。

　　（a）出現在主語部分

　　迢遞青門有幾關　柳梢樓角見南山　〈和友人戲贈二首〉

「青門」即《水經注》所指東出北頭之第三門。由於詩歌意旨無涉「青門」命名之背景，詩句本身亦非史事或神跡之描述，故乃將其歸為「專名性詞語」。

　　（b）其　他

　　由來碧落銀河畔　可要金風玉露時〈辛未七夕〉

道源曰：「《度人經》：『昔于始青天中碧落空歌。』注：『東方第一天有碧霞遍滿，是名碧落。』《白帖》：『天河謂之銀漢，亦曰銀河。」可見「碧落」與「銀河」皆為天象詞彙。

　　上述各類還可以表格列示如下（為了製表上的方便，以下乃將「一般性詞語」、「典故性詞語」、「專名性詞語」簡作「一般」、「用典」和「專名」，將「作名詞詞組之定語者」、「作複合名詞之構詞詞素者」、「作單音節詞用者」簡作「作定語」、「作構詞詞素」和「單音詞」，而將「出現在主語部分」、「出現在賓語部分」、「其他」簡作「主語」、

「賓語」及「其他」，其下各表皆然）：

	作 定 語			作構詞詞素			單音詞	總計
	主語	賓語	其他	主語	賓語	其他	a轉作n用	
一般	12	5	2	3	3	2	1	28
用典	2	3		8	2			15
專名				1		1		2
計	14	8	2	12	5	3	1	45

　　綠色可以說是中國文學作品中，最常見和使用頻率最高的顏色字，這是由於詩人常將碧、綠、翠、青等顏色字混用不分，若以其共同的色質「綠」而將四者統爲一類，則「綠」色之用當居各色之冠。此外，綠色也是詩人截取自然景物以入詩時，必然的主色。無論是青山碧水還是楊柳翠亭，「綠」色都是大自然中隨目可及的顏色。在義山作品裡「綠」的用法主要也是如此，半數以上的「綠」出現在一般詩句裡，而由「綠」所組成的詞組或詞，則多半是擔任語句裡的主語或賓語。比較特別的是，約近三分之一的「綠」出現於典故之中，其中更以構詞詞素的身分佔多數，由此可見，典故名詞也是義山點綴詩歌顏色時，不可或缺的重要憑據。

（二）紅　色

1.【一般性詞語】

（1）作名詞詞組之定語者

　　（a）出現在主語部分

　　紅樓隔雨相望冷　珠箔飄燈獨自歸〈春雨〉

　　紅壁寂寥崖蜜盡　碧簾迢遞霧巢空〈蜂〉

　　一丈紅薔擁翠篍　羅窗不識繞街塵〈題二首後重有戲贈任

秀才〉

浮世本來多聚散　紅蕖何事亦離披〈七月二十九日崇讓宅
讌作〉

　絳節飄颻空國來　中元朝拜上清迴〈中元作〉

「絳節」為使者所持之絳色符節，與典故無涉。

　朱邸方酬力戰功　華筵俄歎逝波窮〈過伊僕射舊宅〉

伊水濺濺相背流　朱欄畫閣幾人遊〈十字水期韋潘侍御同
年不至時韋寓居水次故郭汾寧宅〉

　（b）出現在賓語部分

吳岳曉光連翠巘　甘泉晚景上丹梯〈九成宮〉

胡以梅曰「『連翠巘』『上丹梯』，言兩山之景光來映九成山，因落照
之色紅，故云『丹』……。」從而可知，義山此「丹梯」為一般用法
裡的偏正結構詞組。

　籍籍征西萬戶侯　新綠貴婿起朱樓〈韓同年新居餞韓西迎
家室戲贈〉

　（c）其　他

夜看聖燈紅菡萏　曉驚飛石碧琅玕〈詠三學山〉

（2）作單音節詞用者

　（a）作謂語用

隔座送鉤春酒暖　分曹射覆蠟燈紅〈無題〉

分曹　射覆　蠟燈【紅】
　　　　　　　└─┘ └─┘
　　　　　　　└┘ └┘
　　　　　　　主　謂

曾是寂寥金燼暗　斷無消息石榴紅〈無題〉

斷無消息　石榴【紅】
　　　　　└─┘ └─┘
　　　　　└┘ └┘
　　　　　主　謂

從上面的結構層次圖可以看見，兩個單音節顏色字「紅」，都是作句

末謂語使用。

2.【典故性詞語】

（1）作名詞詞組之定語者

（a）出現在主語部分

闡道神仙有才子　赤簫吹罷好相攜〈玉山〉

朱鶴齡注：「《三十國春秋》：『涼州胡安據盜發晉文王、張駿墓，得赤簫、紫玉笛。」。

梁家宅裏秦宮入　趙后樓中赤鳳來〈可歎〉

馮注：「《飛燕外傳》：『后所通宮奴燕赤鳳，雄捷能超觀閣，兼通昭儀。時十月十五日，宮中故事，上靈女廟，吹塤擊鼓，連臂踏地，歌赤鳳來曲。后謂昭儀曰：「赤鳳為誰來？」昭儀曰：「赤鳳自為姊來，寧為他人乎？」。

絳簡尚參黃紙案　丹爐猶用紫泥封〈鄭州獻從叔舍人褎〉

「絳簡」語涉神道仙界之事，道源注曰：「『絳簡』，即赤章也。凡仙經朱書亦曰絳簡」。

紫鳳放嬌銜楚珮　赤鱗狂舞撥湘絃〈碧城三首〉

朱鶴齡引江淹〈別賦〉：「聳淵魚之赤鱗。」句，而道源稱：「此句暗用瓠巴鼓瑟，遊魚出聽語。」。

（b）出現在賓語部分

空糊頹壤真何益　欲舉黃旗竟未成〈覽古〉

朱鶴齡注「《蕪城賦》：『糊頹壤以飛文』。」詩家一般都以為此乃詩人簡取蕪城賦之詩句而來，《李商隱詩歌集解》也說：「『空糊頹壤真何益』一語即此蕪城賦原文之概括」。

「紅」色用法表列如下：

	作　定　語			作構詞詞素			單音詞	總計
	主語	賓語	其他	主語	賓語	其他	作謂語用	
一般	7	2	1				2	12
用典	4	1						5
專名								
計	11	3	1				2	17

　　「紅」是義山除「色」、「彩」等具顏色形象的字以外，唯一不曾出現在構詞詞素裡的顏色字。詩句中所有的「紅」若不是作陳述性質的謂語，便是作主語結構裡的定語來用。由於單詞在語義上要比構詞詞素來得獨立和完整，因此，從詞義的角度來說，「紅」作為詞組結構裡的修飾成分，是要比作為複詞結構裡的構詞詞素，具有更為完整的色質意涵。另外，在義山七律中，單一顏色字充任句段〔註9〕的情形並不多，放在句末獨立音節來強調的情形更為少見，〔註10〕除了上述一個「綠」字外，便只有兩個醒目的「紅」，其中，詩人又把「綠」的語法功能從形容詞轉作名詞，雖不減其顏色義涵，但對色質所能產生的修飾性聯想，已不似專指顏色的「紅」那般純粹。基於以上兩點，我們可以說，在所有的顏色字群裡，義山偏好突顯彩度濃烈的紅色色

〔註9〕　《語言學辭典》：「句段（Syntagma）：『句子分析中，一個個較小的單位，稱為一個『句段』。它可以是一個片語，也可以是一個單詞。』（頁61）、「語段（Linguistic Unit；Phrase；Syntagma）語段又稱『結構段』。指各個語言材料的單位（即詞）在具體言語結構裡所組成的片段。……因為各個語言材料的單位在具體的言語結構裡，有種種不同方式的結合，語段就可以有幾種不同性質的組織，……詞組、句子、熟語、諺語都是語段，因為它們都是不同性質的言語結構的片段。」（陳新雄等編著，《語言學辭典》，頁307）。
〔註10〕　由於「七言詩主要停頓地方是第二、第四音節」（《論唐詩的語法、用字與意象》頁40。）因此最後一個音節愈顯得孤立和突出。

質，因此在鍊詞的過程裡，詩人才會讓顏色字「紅」始終只作意義完整的詞來用，也才會在眾色裡獨讓「紅」色作為句末的單詞謂語來加以強調。

（三）紫　色

1.【一般性詞語】

（1）作名詞詞組之定語者

　（a）出現在主語部分

　　蘇小小墳今在否　紫蘭香徑與招魂〈汴上送李郢之蘇州〉

　　露氣暗連青桂苑　風聲偏獵紫蘭叢〈藥轉〉

2.【典故性詞語】

（1）作名詞詞組之定語者

　（a）出現在主語部分

　　紫鳳放嬌銜楚珮　赤鱗狂舞撥湘絃〈碧城三首〉

馮注：「《古禽經》：『紫鳳謂之鸑。』〈三輔決錄注〉曰：『色多紫者為鸑鷟。』亦用江妃二女解佩事。」因詩句乃在敘寫史事，故將「紫鳳」歸入「典故性詞語」之中。

　（b）出現在賓語部分

　　玉郎會此通仙籍　憶向天階問紫芝〈重過聖女祠〉

朱鶴齡注：「《茅君內傳》：『句曲山有神芝五種，其三色紫，形如葵葉，光明洞徹，服之拜為太清龍虎仙君。」。

　　人去紫臺秋入塞　兵殘楚帳夜聞歌〈淚〉

朱鶴齡引：「〈恨賦〉：『紫臺稍遠，關山無極。』注：『『紫臺，猶紫宮也。』」而馮浩則說：「此謂一離宮闕，使遠至異域。」因此，「紫臺」是代稱「紫宮」的典故用語。

（2）作複合名詞之構詞詞素者

　（a）出現在主語部分

　　昨日紫姑神去也　今朝青鳥使來賒〈昨日〉

朱鶴齡引〈荊楚歲時記〉曰:「正月望日,其夕迎紫姑神以下。」故「紫姑」爲神祇之名,「紫」爲構詞詞素。

　　　絳簡尚參黃紙案　丹爐猶用<u>紫</u>泥封〈鄭州獻從叔舍人褒〉

「紫泥」見後〈九成宮〉一詩之引注。

　　　三星自轉三山遠　<u>紫</u>府程遙碧落寬〈當句有對〉

馮注引《十洲記》:「青邱紫府宮,天眞仙女遊於此地。」則「紫府」是神仙世界裡的宮殿名稱,故顏色字「紫」在此作構詞詞素。

　　　<u>紫</u>府丹成化鶴群　青松手植變龍文〈題道靖院院在中條山
　　　故王顏中丞所置虢州刺史捨官居此今寫眞存焉〉

　　（b）出現在賓語部分

　　　荔枝盧橘沾恩幸　鸞鵲天書濕<u>紫</u>泥〈九成宮〉

朱鶴齡引《漢舊儀》:「天子信璽六,皆以武都紫泥封之。」、《西京雜記》:「(漢)中書以武都紫泥爲璽室,加綠綈其上。」而程夢星則注引劉孝威詩:「驛報紫泥書」。由此可知,「紫泥」本指武都一地特產之物,後因漢以其爲天子信璽,故借以稱代天子或託言其尊。

3.【專名性詞語】

　　（a）出現在主語部分

　　　<u>紫</u>泉宮殿鎖煙霞　欲取蕪城作帝家〈隋宮〉

「紫泉」爲水名,「紫泉宮殿」乃指「紫泉旁邊的宮殿」而言。朱鶴齡:「〈上林賦〉:『……紫淵徑其北。』文穎曰:『西河穀羅縣有紫澤,長安爲在北。』按唐人避高祖諱,故『淵』作『泉』。」

　　　<u>紫</u>雲新苑移花處　不取霜栽近御筵〈野菊〉

「紫雲新苑」即「紫雲苑」,詳見本文「詞彙之特殊運用法」一章,頁110。

　　　「紫」之用法表列如下:

	作　定　語			作構詞詞素			單音詞	總計
	主語	賓語	其他	主語	賓語	其他		
一般		2						2
用典	1	2		4	1			8
專名					2			2
計	1	4		6	1			12

　　在一百二十多首作品中，顏色字「紫」共用了十二次，分量雖然不多，但比起一般詩人，義山對「紫」色的使用比例已算相當高了。若從詩人的取色來源看，作品裡的「紫」有三分之二出是於典故之中，其中多數更與神仙事跡相連。雖然典故一向都是義山佈置顏色時的重要憑藉，但詩人的置色場所仍以一般性詞語為主。換言之，除了「紫」色之外，義山顏色字的取色對象多仍在日常生活的景物之間。可見詩人慕道求仙的生活態度，不但影響了詩歌中設「紫」的頻率，也顯示了詩人用色方式與題材取向間密實的對應關係。

（四）白　色

1.【一般性詞語】

（1）作名詞詞組之定語者

　　（a）出現在主語部分

　　明珠可貫須為珮　　<u>白玉</u>堪裁且作環〈和友人戲贈二首〉

　　曾共山翁把酒時　　霜天<u>白菊</u>繞階墀〈九日〉

　　<u>白石</u>巖扉碧蘚滋　　上清淪謫得歸遲〈重過聖女祠〉

　　<u>白石</u>蓮花誰所供　　六時長捧佛前燈〈題白石蓮華寄楚公〉

　　<u>素色</u>不同籬下發　　繁花疑自月中生〈和馬郎中移白菊見示〉

此句是詩人在詠物詩「避題字」的原則下，〔註11〕省略主語「白菊」之後所產生的詩句，這裡，「素色」乃是代指「白菊」而言，作主語用。

　　（b）其　他

　　悵臥新春白袷衣　白門寥落意多違〈春雨〉

「悵臥新春」寫的是詩人當時的情境，而「白袷衣」則是描述詩人當時的穿著，義山在語句結構中省略了主語「我」，並縮合了「（我）悵臥新春」和「（我）著白袷衣」兩句的語意，使詩人穿著白袷衣在初春時節裡情緒寥落的情狀，只剩下謂語「悵臥」、時間副詞「新春」和另一個不同語句裡的名詞「白袷衣」，其句法結構散斷，因乃置於「其他」。

（2）作複合名詞之構詞詞素者

　　（a）出現在主語部分

　　浪跡江湖白髮新　浮雲一片是吾身〈贈鄭讜處士〉
　　青袍似草年年定　白髮如絲日日新〈春日寄懷〉
　　永憶江湖歸白髮　欲迴天地入扁舟〈安定城樓〉

「歸白髮」實爲「白髮歸」之倒裝，故「白髮」的語法功能仍作主語。

　　（b）其　他

　　人生豈得長無謂　懷古思鄉共白頭〈無題〉
　　莫驚五勝埋香骨　地下傷春亦白頭〈與同年李定言曲水閒話戲作〉
　　豈到白頭長只爾　嵩陽松雪有心期〈七月二十九日崇讓宅讌作〉

詩人三個「白頭」皆作「白了頭髮」解，故顏色字「白」在此作動賓結構動詞「白頭」之構詞詞素。

2.【典故性詞語】

（1）作名詞詞組之定語者

〔註11〕在晚唐詩的詠物詩裡，詩人多避免在詩歌中提及所詠之對象：「眞正的詠物詩就以避題字爲原則。這在盛唐以前也許是無意識的，但是，到了中晚唐以後，就成爲一種習慣法了。」（見王力，《詩詞曲作法》，頁297。）

（a）出現在主語部分

　　寄問釵頭雙<u>白</u>燕　　每朝珠館幾時歸〈聖女祠〉

馮注：「《洞冥記》：『元鼎元年，起招靈閣，有神女留玉釵與帝，帝以賜趙婕妤。至元鳳中，宮人猶見此釵，共謀欲碎之。明旦發匣，唯見白燕飛天上。後宮人學作此釵，因名玉燕釵，言吉祥也。」故知義山之詩句乃換出於此典。

　　金鞍忽散銀壺滴　　更醉誰家<u>白</u>玉鉤〈即日〉

一般以此乃用漢之鉤弋夫人典，紀昀《玉谿生詩說》即明言：「此戲起于鉤弋夫人之白玉鉤，故云爾耳。」。

（2）作複合名詞之構詞詞素者

　　（a）出現在主語部分

　　恨臥新春白袷衣　　<u>白</u>門寥落意多違〈春雨〉

《李商隱詩歌集解》以爲「白門」乃指南朝民歌〈楊叛兒〉：「暫出白門前」中專指男女郊游歡會之所。而《李商隱詩選》則又指道：「白門：地名。古來所指不一，或謂在金陵。南朝樂府有〈楊叛兒〉曲……。後常以代男女幽會之地。」故將「白」列爲典故性詞語裡的構詞詞素。

　　（b）出現在賓語部分

　　蕃兒襁負來青塚　　狄女壺漿出<u>白</u>登〈贈別前蔚州契苾使君〉

朱鶴齡注：「《漢書》注：『白登在平城東南十餘里。』。」、馮注：「《漢書》：『高自將兵逐匈奴，冒頓縱精騎圍高帝於白登七日。」則「白登」非僅指地名，詩人亦兼用典。

　　陶詩只採黃金實　　郢曲新傳<u>白</u>雪英〈和馬郎中移白菊見示見示〉

朱鶴齡注：「宋玉〈對楚王問〉：『客有歌於郢中者，曰下里巴人，屬而和者數千人……其爲陽春白雪』」程夢星則引鮑照詩：「蜀琴抽白雪，郢曲發陽春。」則「白雪」亦有其來歷出處。

　　陛下好生千萬壽　　玉樓長御<u>白</u>雲杯〈漢南書事〉

此用仙典，馮注：「玉樓在崑崙，白雲亦仙事，即瑤池宴飲之義。」

而劉學鍇、余恕誠亦補稱：「白雲杯，仙家所用酒杯。古稱仙鄉爲白雲鄉，故云。」。

3.【專名性詞語】

（a）出現在主語部分

白社幽閒君暫居　青雲器業我全疏〈和劉評事永樂閒居見寄〉

劉學鍇、余恕誠先生補敍：「白社：洛陽東地名。《水經注》：「陽渠水經建春門，水南即馬市，北則白社故里。」。

（b）出現在賓語部分

煙幌自應憐白紵　月樓誰伴詠黃昏〈汴上送李郢之蘇州〉

朱鶴齡：「宋書樂志：『白紵舞詞有巾之言；紵本吳地所出，宜是吳舞也。』、唐六典：『江南道常、湖等州貢白紵。』則「白紵」若非舞名，便也是當時常、湖等地所出之貢品名稱。

深慚走馬金牛路　驟和陳王白玉篇〈行至金牛驛寄興元渤元渤海尚書〉

「陳王白玉篇」爲曹子建所作之詩。末句一般多從徐武源：「…言不得與會，而草率遙和佳篇正。」之說，故列入專名中。

「白」之用法表列如下：

	作　定　語			作構詞詞素			單音詞	總計
	主語	賓語	其他	主語	賓語	其他		
一般	5		1	3		3		1 2
用典		2		1	3			6
專名				1	2			3
計	5	2	1	5	5	3		21

從上表不難發現，「白」的語法功能半數以上用作偏正結構複詞

的構詞詞素,是義山所有的顏色字裡,充當詞素頻率最高的一色。此外,「白」也是詩人所屬的顏色字群中,作為專有名詞詞素最多的一色。除了「專名」欄裡的三個之外,典故裡的「白登」、「白雪英」和「白門」也都是專有名詞,無論就數量還是比例來說,「白」與專名間的關係都遠較其它顏色還要密切。由此可以看出,詩人的顏色字「白」常取自生活中已有的特定名稱,尤以「白髮」、「白頭」六個尋常用語所佔的份量最多,可知義山對顏色字「白」的運用,並不以置色言物為主。

(五)金 色

1.【一般性詞語】

(1)作名詞詞組之定語者

(a)出現在主語部分

　　<u>金</u>殿香銷閉綺櫳　玉壺傳點咽銅龍〈深宮〉

　　<u>金</u>輿不返傾城色　玉殿猶分下苑波〈曲江〉

　　<u>金</u>蟾齧鎖燒香入　玉虎牽絲汲井迴〈無題〉

道源注:「蟾善閉氣,古人用以飾鎖。」陸崑曾注「《海錄》云:「金蟾,鎖飾也。」則「金蟾」是指蟾形之香爐而言。

　　<u>金</u>鞍忽散銀壺滴　更醉誰家白玉鉤〈即日〉

　　曾是寂寥<u>金</u>燼暗　斷無消息石榴紅〈無題二首〉

　　王昌且在牆東住　未必<u>金</u>堂得免嫌〈水天閒話舊事〉

(b)出現在賓語部分

　　知訪寒梅過野塘　久留<u>金</u>勒為迴腸〈酬崔八早梅有贈兼見示之作〉

　　蠟照半籠<u>金</u>翡翠　麝熏微度繡芙蓉〈無題〉

　　陶詩只採<u>黃金</u>實　郢曲新傳白雪英〈和馬郎中移白菊見示〉

此「黃金實」指「黃菊」而言,故「黃」與「金」皆作顏色義用,修飾名詞「實」。

(c)其 他

　　　佳兆聯翩遇鳳凰　雕文羽帳紫<u>金</u>床〈赴職梓潼留別畏之員
　　外同年〉

（2）作複合名詞之構詞詞素者

　　（a）出現在主語部分
　　　殷勤莫使清香透　牢合<u>金</u>魚鎖桂叢〈和友人戲贈二首〉
　　　東征日調萬黃<u>金</u>　幾竭中原買鬥心〈隋師東〉

「黃金」之「金」雖為名詞，但其在自然語言中亦常作顏色字用。同
時「金」本身所具有的耀眼質感，也能引起人們對色彩的想像，是一
個質料義及顏色義兼具的色彩字。

　　　垂手亂翻雕玉佩　折腰爭舞鬱<u>金</u>裙〈牡丹〉

張泌《粧樓記》：『鬱金，芳草也，染婦人衣最鮮明，染成則微有鬱金
之氣。」。

　　（b）其　他
　　　鬱<u>金</u>堂北畫樓東　換骨神方上藥通〈藥轉〉

（3）作單音節詞用者

　　　鏤<u>金</u>作勝傳荊俗　翦綵為人起晉風〈人日即事〉

馮注：「《荊楚歲時記》：『人日剪綵為人，或鏤金箔為人，以貼屏風，
亦戴之頭鬢；又造華勝以相遺』。」可知「金」指「金箔」而言，是
為單音節名詞。

2.【典故性詞語】

（1）作名詞詞組之定語者

　　（a）出現在主語部分
　　　玉桃偷得憐方朔　<u>金</u>屋修成貯阿嬌〈茂陵〉

「金屋」典出《藝文類聚》十六之〈漢武故事〉。

　　　誰言瓊樹朝朝見　不及<u>金</u>蓮步步來〈南朝〉

馮浩引《南史》注曰：「齊廢帝東昏侯鑿金為蓮花以帖地，令潘妃行
其上，曰：『此步步生蓮花也。』」「金蓮」即用此典。

　　（b）出現在賓語部分

　　不收<u>金</u>彈抛林外　　卻惜銀床在井頭〈富平少侯〉

馮注：《西京雜記》：「韓嫣好彈，常以金爲丸，所失者日有十餘，長安爲之語曰：『苦饑寒，逐金丸。』兒童每聞嫣出彈，輒隨之，望丸之所落，輒拾焉。」。

　　曉飲豈知<u>金</u>掌迥　　夜吟應訝玉繩低〈寄令狐學士〉

朱鶴齡注：「《三輔舊事》：『仙人掌在甘泉宮。』《長安志》：『仙人掌大十圍，以銅爲之。』」、馮注：「《三輔黃圖》：『建章宮有神明臺，武帝造，仙人處。上有承露臺，有銅仙人舒掌捧銅盤玉杯，以承雲表之露，和玉屑服之。」則「金掌」乃有典故出處。

　　九枝燈下朝<u>金</u>殿　　三素雲中侍玉樓〈和韓錄事送宮人入道〉

道源注引：《金根經》：「黃金紫殿，青要帝君居之。」因之，此「金殿」乃取典故語「黃金紫殿」簡省而成之偏正名詞詞組。

　　昭陽第一傾城客　　不踏<u>金</u>蓮不肯來〈隋宮守歲〉

「金蓮」典故見上引。

　　蓬島煙霞閬苑鐘　　三管笺奏附<u>金</u>龍〈鄭州獻從叔舍人褎〉

朱鶴齡注：「《消魔經》云：『岱宗又有左火官、右水官及女官，亦名三官，並主考罰。』又曰：「受用金龍玉魚，此不可闕。」、道源注引《東齋記》：「道家有金龍玉簡，學士院撰文，具一歲中齋醮投於名山洞府。金龍以銅製，玉簡以階石製之。」。

　　羊權雖得<u>金</u>條脫　　溫嶠終虛玉鏡臺〈中元作〉

朱鶴齡注：「《眞誥》：『萼綠華以晉升平二年十一月十日夜降羊權家。權字道學，簡文帝黃門郎羊欣祖也。綠華贈以詩一篇，並致火澣布手巾一條，金玉跳脫各一枚。」姚培謙則說：「條，同跳。跳脫，臂飾也。」則「金」是名詞「條脫」的修飾語。

　　將來爲報奸雄輩　　莫向<u>金</u>牛訪舊蹤〈井絡〉

　　深慚走馬<u>金</u>牛路　　驟和陳王白玉篇〈行至金牛驛寄興元渤海尚書〉

姚培謙注：「《十三洲志》：『秦惠王未知蜀道，乃刻石牛五頭，置金尾下，言此牛能糞金。蜀令五丁共引牛成道，秦因伐之。」上之〈井絡〉

詩亦用此典。

　　（c）其　他

　　　　由來碧落銀河畔　可要金風玉露時〈辛未七夕〉

〈子夜四時歌〉有：「金風扇素節，玉露凝成霜。」之句，而劉學鍇、余恕誠先生則將此句解爲：「碧落銀河，如此良會之所，豈從來必金風玉露之夕始得相會乎？」因此義山此句乃翻自舊有詩文，是爲文典，而複句結構中，「金風」、「玉露」則是兩組稱指時間的並列詞組，故列於「其他」。

　　　　冰簟且眠金鏤枕　瓊筵不醉玉交杯〈可歎〉

朱鶴齡引〈洛神賦〉之注說：「東阿王入朝，帝示甄后玉鏤金帶枕。」義山即用此典。至於主謂句「冰簟且眠」與「金鏤枕」間的語法關係是散斷而不確定的，因而置於「其他」之中。

（2）作複合名詞之構詞詞素者

　　（a）出現在主語部分

　　　　玉檢賜書迷鳳篆　金華歸駕冷龍鱗〈贈華陽宋眞人兼寄清
　　　　都劉先生〉

朱鶴齡注引：「《雲笈七籤》：『六玄宮主會元眞帝君於靈臺觀，龍車鶴騎，仙仗森列，金華玉女浮遊至於帝前，爲帝陳金丹之道。語訖，金華復位，眾眞冉冉而隱。』」則「金華」爲仙女名。

　　（b）出現在賓語部分

　　　　莫恃金湯忽太平　草間霜露古今情〈覽古〉

程夢星注：「《漢書》·〈蒯通傳〉：『邊城之地，必將嬰城固守，皆爲金城湯池，不可攻也。』」其後詩文常將「金城湯池」一語簡作「金湯」一詞，喻指嚴固之甚，如：《後漢書》·〈光武紀贊〉：「金湯失險，車書共道。」、袁豸〈白馬篇〉：「衝冠入死地，攘臂越金湯。」故「金湯」當已成詞，而「金」則爲其構詞詞素。

　　「金」之用法表列如下：

	作　定　語			作構詞詞素			單音詞	總計
	主語	賓語	其他	主語	賓語	其他		
一般	6	3	1		3	1	1	15
用典	2	8	2	1	1			14
專名								
計	8	11	3	1	4	1	1	29

　　由上表可以清楚的看到，詩人用「金」只集中在「一般用法」及「用典」兩行裡頭，而兩種用法的比重又十分接近。可以想見，義山不僅喜歡在日常事物中以「金」色來作點綴，也在用典的過程裡，偏採色澤華麗的「金」色器物來佈置場景。同時，「金」也是義山除自然色「綠」之外，使用頻率最高的一色。因此，深具富麗形象的「金」，可以說是詩人設色以謀華瞻詩質時的主要角色。

（六）黃　色

1.【一般性詞語】

（1）作名詞詞組之定語者

　　（a）出現在主語部分

　　　碧江地沒元相引　黃鶴沙邊亦少留〈無題〉

姚培謙《李義山詩集箋注》以此句之「黃鶴」乃碧江邊之實物，而劉學鍇、余恕誠以爲：「『黃鶴』馮解爲武昌黃鶴磯，然作者身在東川，似無緣忽及千里外之黃鶴磯，當從姚箋，實指黃鶴。此句亦目擊江間景物有感而發。」故此「黃鶴」不視爲義山用典之詞語。

　　　花鬚柳眼各無賴　紫蝶黃蜂俱有情〈二月二日〉

　　（b）出現在賓語部分

　　　陶詩只採黃金實　郢曲新傳白雪英〈和馬郎中移白菊見示〉

（2）作複合名詞之構詞詞素者

（a）出現在賓語部分

東征日調萬黃金　　幾竭中原買鬥心〈隋師東〉

煙幌自應憐白紵　　月樓誰伴詠黃昏〈汴上送李郢之蘇州〉

自然現象的「黃昏」一般不易引發明顯的色彩意象，不過詩人此將它安排在顏色字「白」的相對位置，用色之意十分清楚。

（3）作單音節詞用者

江南江北雪初消　　漠漠輕黃惹嫩條〈柳〉

何處拂胸資蝶粉　　幾時塗額藉蜂黃〈酬崔八早梅有贈兼見示之作〉

「蜂黃」與「蝶粉」相對，皆為偏正名詞詞組。「黃」實指名詞「額黃」而言，詩人是以單音形容詞轉作名詞來用。

2.【典故性詞語】

（1）作名詞詞組之定語者

（a）出現在賓語部分

廣歌太液翻黃鵠　　從獵陳倉獲碧雞〈寄令狐學士〉

朱鶴齡注：「《西京雜記》：『始元元年，黃鵠下太液池，帝為歌曰：黃鵠飛兮下建章。』」。

空糊頹壞眞何益　　欲舉黃旗竟未成〈覽古〉

朱鶴齡：「《吳志》‧〈孫權傳〉：『陳紀曰：舊說黃旗紫蓋，運在東南。』」〈哀江南賦〉：「昔之虎踞龍蟠，加以黃旗紫氣，莫不隨狐兔而窟穴，與風塵而殄瘁。」知「黃旗紫蓋」乃所謂天子之氣。

（b）其　他

山下祗今黃絹字　　淚痕猶墮六州兒〈過故府中武威公交城舊莊感事〉

朱鶴齡注引《魏略》：「邯鄲淳作曹娥碑，蔡邕題其後曰：『黃絹幼婦，外孫齏臼。』楊修讀之即解。操行三十里乃悟曰：『黃絹，色絲，絕字也。』……言絕妙好辭，與修合。」。

3.【專名性詞語】

（a）出現在主語部分

<u>黃陵</u>別後春濤隔　溢浦書來秋雨翻〈哭劉蕡〉

馮注：「《通典》：『岳州湘陰縣有地名黃陵。』」。

「黃」之用法表列如下：

	作　定　語			作構詞詞素			單音詞	總計
	主語	賓語	其他	主語	賓語	其他		
一般	2	1			2		2	7
用典		2	1					3
專名					1			1
計	2	3	1	1	2		2	11

由上表可見，「黃」是除了「紅」以外，另一個在義山的七律作品中，以單音節詞形態出現過兩次的顏色字。從比例上說，十一次中出現了兩次的「黃」，要比十七次中運用兩次的「紅」出現機率還高；但從詞義上說，在兩個「黃」裡，「蜂黃」之「黃」指的是名詞「額黃」，而真正純指色彩字義的「（輕）黃」其前卻又有「輕」字來減淡了它的色彩濃度。因此，從色質強調的角度來看，可以發現李商隱對於「紅」色色質的強調動機要比「黃」色來得強烈，顯示出詩人對「紅」、「黃」不同的用色態度。

以下「銀」、「黑」、「彩」等，因數量不豐，只列表輔示義山用色之方式，而不強加臆測解說；至於只有單出的「藍」、「素」二色便不再列表。

（七）銀　色

1.【一般性詞語】

（1）作名詞詞組之定語者

　　（a）出現在主語部分

　　　金鞍忽散<u>銀</u>壺滴　更醉誰家白玉鉤〈即日〉

2.【典故性詞語】

（1）作名詞詞組之定語者

　　（a）出現在賓語部分

　　　不收金彈拋林外　卻惜<u>銀</u>床在井頭〈富平少侯〉

朱鶴齡注：「《樂府》‧〈淮南王篇〉：『後園鑿井銀作床，金瓶素綆汲寒漿。』吳曾《能改齋漫錄》：『《山海經》：崑崙墟九井，以玉爲檻。』銀床者，以銀作欄，猶所云玉檻耳。」則「銀床」亦有來歷。

3.【專名性詞語】

　　（a）其　他

　　　由來碧落<u>銀</u>河畔　可要金風玉露時〈辛未七夕〉

「銀」之用法表列如下：

	作　定　語			作構詞詞素			單音詞	總計
	主語	賓語	其他	主語	賓語	其他		
一般	1							1
用典		1						1
專名						1		1
計	1	1				1		3

（八）黑　色

1.【一般性詞語】

（1）作複合名詞之構詞詞素者

　　（a）出現在主語部分

烏鵲失棲常不定　　鴛鴦何事自相將〈赴職梓潼留別畏之員外同年〉

2. 【典故性詞語】

（1）作複合名詞之構詞詞素者

（a）出現在主語部分

遙知小閣還斜照　　羨殺烏龍臥錦茵〈題二首後重有戲贈任秀才〉

馮注：「《搜神後記》：『會稽張然，滯役在都。有少婦與一奴守舍，奴與婦通。然素養一犬名烏龍，常以自隨。後歸，婦與奴欲殺然，奴已張弓拔矢，然拍膝大呼曰：烏龍與手。狗應聲傷奴，奴失刀仗倒地，狗咋其陰。然因殺奴，以婦付縣，殺之。」。

（b）出現在賓語部分

豈能無意酬烏鵲　　惟與蜘蛛乞巧絲〈辛未七夕〉

此詩句中的「烏鵲」乃用七夕之典。朱鶴齡注：「《淮南子》：『烏鵲填河成橋而渡織女。』」與上句中「烏鵲」僅作一般鳥類名稱的用法不相類也。

「黑」色用法表列如下：

	作　定　語			作構詞詞素			單音詞	總計
	主語	賓語	其他	主語	賓語	其他		
一般				1				1
用典				1	1			2
專名								
計				2	1			3

（九）藍　色

1. 【專名性詞語】

（a）出現在主語部分

　　滄海月明珠有淚　藍田日暖玉生煙〈錦瑟〉

「藍」是義山七律所用的色系中，形象最爲單薄的一色，即使是色感十分平淡的「素」，都曾在詩人的作品中出現兩次。雖然如此，詩人在〈錦瑟〉中以「藍」設色的用心卻是相當清楚，頸聯與之相對的便是另外一色「滄」，因而只能說詩人對顏色字「藍」的反應較爲冷淡。

二、具色彩形象的詞彙

（一）「色」

1. 【一般性詞語】

（1）作名詞詞組之定語者

　　（a）出現在主語部分

　　　　山色正來銜小苑　春陰只欲傍高樓〈即日〉

　　（b）出現在賓語部分

　　　　湘淚淺深滋竹色　楚歌重疊怨蘭叢〈潭州〉
　　　　燒畬曉映遠山色　伐樹暝傳深谷聲〈贈田叟〉

　　（c）其　他

　　　　浣花箋紙桃花色　好好題詩詠玉鈎〈送崔珏往西川〉

（2）作單音節詞用者

　　　　湘波如淚色澹澹　楚厲迷魂逐恨遙〈楚宮〉

「色」作單音詞主語，而「澹澹」爲其謂語。

2. 【典故性詞語】

（1）作名詞詞組之定語者

　　（a）出現在主語部分

　　　　五色玻璃白晝寒　當年佛腳印旃檀〈詠三學山〉

馮浩：「《魏書》：『大月氏國人商販京師，能鑄石爲五色琉璃。乃美於西方來者。』……《玄中記》則云大秦國有五色頗黎。」。

樓上春雲水底天　五雲章色破巴牋〈行至金牛驛寄興元渤
海尚書〉

道源注：「《唐書》：『韋陟使侍妾掌五采箋，裁答授意陟惟署名，自謂
所書陟字若五朵雲。』杜甫詩：『巴牋染翰光。』」。

　　由典故裡的「色」看來，其確實具有描繪顏色、勾起視覺美感的
企圖與功效。

　　「色」之用法表列如下：

	作　定　語			作構詞詞素			單音詞	總計
	主語	賓語	其他	主語	賓語	其他		
一般	1	2	1				1	5
用典	2							2
專名								
計	3	2	1				1	7

（二）「素」

1.【典故性詞語】

（1）作名詞詞組之定語者

　　（a）出現在主語部分

　　九枝燈下朝金殿　三素雲中侍玉樓〈和韓錄事送宮人入道〉

朱鶴齡注：「《眞誥》：『眞人行則扶華晨蓋，乘三素之雲。』《藝苑雌
黃》：『修眞八道秘言：立春日清朝北望，有紫、綠、白雲，爲三元君
三素飛雲也。』而馮注：「《黃庭經》：『紫煙上下三素雲。』注曰：『三
素者，紫素、白素、黃素也，此三元妙氣。』由此可見，此「素」之
功效實同於上面的「色」，卻與〈和馬郎中移白菊見示〉一首裡，用
指「白」色的「素」不相類同。

（三）「彩」

1.【一般性詞語】

（1）作名詞詞組之定語者

（a）出現在賓語部分

秘殿崔嵬拂*彩*霓　曹司今在殿東西〈寄令狐學士〉

2.【典故性詞語】

（1）作名詞詞組之定語者

（a）出現在賓語部分

我是夢中傳*彩*筆　欲書花葉寄朝雲〈牡丹〉

朱鶴齡引《南史》:「江淹嘗夢一丈夫,自稱郭璞,謂淹曰:『吾有筆在卿處多年,可見還。』淹乃探懷中得五色筆一以授之。爾後爲詩絕無妙句。」。

月姊曾逢下*彩*蟾　傾城消息隔重簾〈水天閒話舊事〉

「彩」指顏色眾多之意,能提起人們「色彩繽紛」的幻覺。詩人對「彩」的三個用法,也都是在這種前題下完成。

「彩」之用法表列如下:

	作　定　語			作構詞詞素			單音詞	總計
	主語	賓語	其他	主語	賓語	其他		
一般		1						1
用典		2						2
專名								
計		3						3

三、本章小結

總結上述可以發現,在十二色一百五十三次用色裡,共只二

「紅」、二「黃」、一「金」、一「綠」曾作單音節詞用,而六個中,真正作顏色之形容詞詞性來運用的,又只有兩個置於句末獨立音節的「紅」,以及一個「黃」,其餘半數,義山皆是以名詞來處理。由此可知,在義山七律中,以單一顏色字來充當句段的用法並不發達,多數是以雙音節詞或詞組的形態來扮演詩句中的主語和賓語。換言之,各顏色字皆以擔任偏正結構名詞或名詞詞組的限定成分為主。若從語法的角度來看,作為性質形容詞的顏色字,應該同時兼具著定語及謂語兩種主要的語法特質,然而詩人卻只以前者為重,可見義山使用顏色字的態度相當保守,因此在語法功能的變換和嘗試上才會顯得十分有限。〔註12〕另外,詩人處理顏色字之方式也有因色微變的傾向,其語法功能也隨之或異,這種情形,也呈現出詩人對顏色的感受及其取材間之定特互動。〔註13〕

　　本節是從近體詩中常用來塑造鮮明視象的顏色字著手,企圖透過義山運用特種詞彙時所呈現的遣詞規律,來披露詩人的詞彙風格。但就視覺意象的塑造來說,除了色彩能有效的突顯具體的視覺形象之

〔註12〕以同期另一位設色大家溫庭筠為例,溫氏詩歌作品裡的顏色字,不但常以單音句段的形式出現,而其所曾負擔的語法功能更是兼涉多方。如用作主語的有「紅」、「綠」、「黛」……等;作謂語的有「紅」、「白」、「綠」……等;作賓語的有「紫」、「黃」、「紅」……等等。(詳見《溫庭筠詩之語言風格研究──從顏色字的使用及其詩句結構分析》,許瑞玲,八十二年碩士論文。此雖是以溫氏三百餘首詩作為搜色對象,但仍可就使用頻率、語法功能及出現的種類等方面,推知李商隱與溫庭筠的置色方式實有明顯之差距。)。

〔註13〕即使是相同的顏色,不同詩人感受也會不同,其與題材的關係也將隨之而異。以「紫」為例,黃永武先生在談到〈色彩是詩人特殊經驗的反映〉時曾說,白居易對「紫」之愛慕有著「私心戀慕官階陛邊」的政治意味,所以才會有「我朱君紫綬,猶未得差肩」、「紫袍新秘監,白首舊書生」、「勿謂身未貴,金章照紫袍」以及「紫綬黃金印」、「紫綬行聯被」等詩句(《詩與美》,黃永武,頁67～68、283～284)。較之義山對「紫」的使用,除了題材上詩人多以典故為主之外,在語法功能上,也因為白居易的取色對象是以唐人的官職品服為主,因此「紫」的語法功能多數只用作構詞詞素,和義山以定語為多的情況不盡相同。

外，指稱實際事物的各類名詞，也能把人們想像裏虛幻的抽象概念，整合成具體可感的心靈圖畫。其中，玉錦珠羅等材質華美的器物名稱，因為本身即具有富麗的形象特質，若以之造詞，也能產生堂皇璀璨的聯想。因此在下面一節裡，筆者將再由詩人常用的華麗名詞來探究義山七律的穠豔文風與詞彙風格之關係。

第三章　具華麗形象之名詞結構及其運用——兼及以自然景物為詞素的修飾形式

　　除了備受矚目的顏色字外，影響李商隱詩歌穠豔文風的另一項特質，展現在詩人精心佈置的豪華器物上，趙謙先生說：

> 綺櫳、蘭橈、軒窗、貝闕、冰綃、蕙葉、紅葉、珠履、翠翹、金蟾、鴛瓦等高華紋飾之物以及璀璨的顏色，在他七律中頻頻出現，令人目不暇接。

而張淑香先生則說：

> 祇要翻開義山的詩集，首先映入眼簾的就是一個雕金琢玉，生香活色的瑰麗世界。……這片異采，是由華麗的藻飾所放射出來的。金錢、金輿、金殿、玉房、玉殿、玉盤、玉壺……金玉綵繡，排比成句。這些意象，都是色彩繽紛，富艷光華，造成具體的物性傾向，富於視覺效果。〔註1〕

顯見形象富麗的器物，也是義山用語所以瑰綺的重要因素。其中，許多器具名稱並非當時常見之通用詞彙，而是詩人蓄意綰合各種材質華麗的事物，所形成的特殊用語。從構詞的角度來看，可以發現，義山在構詞言物之時，常喜藉其他名詞的質料特色來修飾另一個名詞，換言之，以“名詞＋名詞”所構成的偏正式複合名詞，可以說是義山揀

〔註1〕趙謙，《唐七律藝術史》，頁272。張淑香，《李義山詩析論》，頁33。

字鍊詞時主要的構詞形式。其中更有多數是以材質華麗的「玉」、「錦」等名詞來修飾另一個名詞，因此若由義山構詞狀物的手法來加以觀察，不但能進一步瞭解李商隱詩歌文豔之構成因素，同時也能藉由詩人的造詞及其用法來呈現義山之言語風格。

除了偏正結構的構詞形式外，在李商隱的七律作品中，還有少數幾個結構不一的特殊名詞也具有華麗的形象特質，故本章乃分成「用於偏正結構式之定語」及「特殊結構及其語法關係」兩部分來個別討論，前者以"名詞＋名詞"式複合名詞爲主，後者則統納了詩人作品中少數幾個結構特殊的複合名詞。

由於"名詞＋名詞"形式的偏正式複合名詞〔註2〕往往易和近體詩中組織形態相類的雙音節名詞詞組產生混淆，因此首先說明本文對"名詞＋名詞"式複合名詞的取例原則：

1. 從語法的角度來說，偏正式複合名詞指的是：以後一語素爲主體前一語素作修飾，所組成之最小的語言運用單位，因而，只要是組織較爲鬆散、所表示的概念又較複雜的雙音節"名詞＋名詞"形式者，〔註3〕本文皆視同詞組結構而不收入研究之範疇。如：

紫泉宮殿鎖<u>煙霞</u>　欲取蕪城作帝家〈隋宮〉

其中之「煙霞」可能兼指「煙」與「霞」二物，因無前者修飾後者之必然關係，故僅作並列結構之名詞詞組處理，不納爲本文所欲搜羅之對象。

〔註2〕 "名詞＋名詞"裡的「名詞」指的是，在自然語言中一般歸屬於名詞性質的詞彙。二者既結合爲複詞，理當稱作「詞素」，然此處爲突顯「詞素」的原本用法，以明詩人造詞之特點，故乃以「名詞」稱之。

〔註3〕 偏正結構複合詞也稱爲附加式複合詞，是指：「語素之間有附加修飾的關係。這一類詞經常是用前一個語素來修飾、限制後一個語素，而在整個詞義的構成上，則以後一個語素爲主。」而「詞和詞組在概念的表達上有一定的差異。詞所表達的概念，一般是比較單純、固定的，因此合成詞裏語素所表示的意義是融合在一起的，不是簡單的相加。」（胡裕樹，《現代漢語》，頁251、243）。

　　水亭暮雨寒猶在　　羅薦春香暖不知〈回中牡丹為雨所敗二
　　首〉

「水亭」乃指「水中亭閣」，雖具有前者限定後者的特質，但詩人所
欲傳達的意義內涵，卻是必須透過兩個單詞詞義的連結才能完成，應
作偏正結構之名詞詞組，故不在本文的探討範圍之內。

　　2. 從語義的邏輯關係來看，當前一名詞非後一名詞之原料（如：
粉牆、火雲等），而從詞義和詩意上又都無法以並列詞組及偏正詞組
來作合理的詮釋時，除了「雲鬢」、「煙花」等當時詩文中屢見的常用
詞彙外，〔註4〕皆可視為義山在修飾的前提下所鍊造之新詞，如：

　　煙幌自應憐白紵　　月樓誰伴詠黃昏〈汴上送李郢之蘇州〉

由於帷幌的質地薄細輕飄，正與「煙」之特質雷同，故義山乃以「煙」
來增飾「幌」的輕盈特質，也使得月中「依煙幌而賞清歌曼舞」的情
景，〔註5〕更添加些許的迷濛色彩，詩人的修辭目的十分明顯。至於
「月樓」一語，因其可解作「月下樓閣」，故不列入研究之範圍。

　　3. 當前一名詞可為後一名詞之質材（如「牙旗」、「帷箔」等）時，
一般不列入本文的研究範圍之內。〔註6〕不過，若是由「珠」、「玉」等
華麗器物所構成的名詞（如「玉璽」、「珠簾」），則本文將以顏色字之
對應與否來作判定之根據。若無顏色字的對應，本文便不列為研究之
對象；若有顏色字相應，本文才將列入研究之範疇。取二例以作說明：

〔註4〕「雲鬢」、「煙花」等名詞屢見於當時詩文之中，如：〈木蘭詩〉：「當
　　　　窗理雲鬢」、白居易〈長恨歌〉：「雲鬢花顏金步搖」、杜甫〈清明詩〉：
　　　　「秦城樓閣煙花裏」李白〈黃鶴樓送孟浩然之廣陵〉：「煙花三月下
　　　　揚州」等，結構或詞義內容都十分固定，是為文家習用之美詞。
〔註5〕劉學鍇、余恕誠，《李商隱詩歌集解》，頁1013。
〔註6〕以「牙旗」一詞為例。《文選》·張衡〈東京賦〉：「戈矛若林，牙旗
　　　　繽紛。」注：「古者天子出，建大牙旗；竿上以象牙飾之，故云牙旗。」
　　　　《封氏聞見記》：「詩曰：『祈父予王之爪牙；』祈父，司馬，掌武備，
　　　　象猛獸，以爪牙為衛，故軍前大旗，謂之牙旗；軍中聽號令，必至
　　　　牙旗之下。或云：『公門外刻木為牙，立於門側，以象獸牙，軍將之
　　　　行，置牙竿首，懸旗於上；』其義一也。」（引自《辭海》，頁2906。）
　　　　因知，「牙旗」乃是以獸牙為旗，即「前一名詞為後一名詞之質材」。

　　　玉瑺緘札何由達　萬里雲羅一雁飛〈春雨〉

朱鶴齡注：「《風俗通》：『耳珠曰瑺。』張正見詩：『誰論白玉瑺？』玉瑺緘札，猶今所云侑緘。」而劉學鍇、余恕誠《李商隱詩歌集解》則稱：「古代常以玉瑺爲男女間定情信物，寄書時每以之作爲禮物附寄，稱侑緘。」〔註7〕因此「玉瑺」應爲當時可見之玉飾，詩人在此並未以顏色字襯托，是取其尋常的詞彙意涵，故爲生活上常用的普通詞彙，不在本文所討論的範圍之內。

　　　碧草暗侵穿苑路　珠簾不捲枕江樓〈與同年李定言曲水閒
　　　話戲作〉

馮浩注引《西京雜記》：「昭陽殿織珠爲簾，風至則鳴，如行珮之聲。」此二句乃純指「樓靜簾垂」〔註8〕、「草侵荒院之慨」〔註9〕，馮注引此，實有說明詩人營造華象以對顯感傷的用意。詩人此取顏色字「綠」來與「珠」相對，則「珠」之富貴特質重被突顯。這種借由對仗來突出詞彙裡單一詞素的作法，主要是以前一詞素所具有的特殊形象爲強調之重點，從詞義的角度來看，詩人的用詞方式乃是顛倒了偏正結構名詞的主從關係。因此義山雖無構造新詞，實已別賦新義，故亦列入本文的觀察範圍內。

　　　4. 在以"名詞＋名詞"形式所構成的偏正式複合名詞中，若前一名詞爲：「玉」、「錦」、「綵」、「繡」……等華麗器物時，由於詞彙本身強烈的富貴形象能產生明顯的修飾功能，因此除了上面3所討論的〝前一名詞即爲後一名詞之質料而又無顏色字可與之對應〞的少數情況外，以其所成之偏正結構複合名詞，如「玉輪」、「瓊筵」等，一般都是義山描繪器物時，用以美化傳述對象的修辭手法，故爲本主要的觀測對象。必須說明的是，部分名詞如「玉笙」、「繡簾」等或與他文偶同，但由於這類名詞尚未約定俗成，故仍可視爲詩人揀字鍊詞之

〔註7〕劉學鍇、余恕誠，《李商隱詩歌集解》，頁1771。

〔註8〕語出《唐詩鼓吹評注》。（引自劉學鍇、余恕誠《李商隱詩歌集解》，頁1781。）

〔註9〕劉學鍇、余恕誠，《李商隱詩歌集解》，頁1783。

成果。至於詩人作品中常引的仙典名詞（如「玉樓」、「玉郎」一類），詞義的本身亦非絕對不變，不同時代與不同詩人，都能使詞義的內涵產生一定的變化。以義山作品裡最常用來構詞的「玉」字為例，下面幾個名詞便是隨著詩人與詩歌的內容而層出新義：

　　金殿香銷閉綺櫳　玉壺傳點咽銅龍〈深宮〉

馮注：「《周禮》：『挈壺氏。』注曰：『挈壺水以為漏。』《初學記》：『殷夔漏刻法：為器三重，圓皆徑尺，差立於水輿踟蹰之上為金龍，口吐水，轉注人踟蹰經緯之中，流於衡渠之下。』『李蘭漏刻法：以玉壺玉管流珠奔馳行漏。』。」則此「玉壺」乃指「玉漏刻」而言，為古代皇宮之計時器。然「玉壺」有時也指「玉質之酒壺」，如：《後漢書‧楊震傳》有：「玉壺革帶」之語、《述征記》：「既盡酣醉，吐於玉壺中」、李白〈玉壺吟〉則是：「烈士擊玉壺，壯士惜暮年」；而有時「玉壺」也有「高潔之意」，如：鮑照詩的：「清如玉壺冰」、王昌齡〈芙蓉樓送辛漸詩〉的：「洛陽親友如相問，一片冰心在玉壺」可見「玉壺」可因時、因人之不同而更易詞義內涵。

　　玉盤迸淚傷心數　錦瑟驚絃破夢頻〈回中牡丹為雨所敗二首〉

「玉盤」在這裡乃指花冠之形而言，《李商隱詩歌集解》中說：「玉盤，指牡丹花冠。似為白牡丹。《洛陽花木記》謂牡丹有名玉盤妝者。又，芍藥有名玉盤盂者，蘇軾〈玉盤盂詩序〉謂其花『重跗累萼，……中有白花，正圓如覆盂。其下十餘稍大，承之如盤。』此詩『玉盤』或但就形狀言之。」再以上引中的蘇軾所寫之〈中秋月詩〉來看：「銀漢無聲轉玉盤。」則詩人此「玉盤」已不同其上之意，是謂月也。《漢武故事》中：「承露盤，仙人掌擎玉盤，為取雲表之露。」一語裏的玉盤則是「以玉所雕成之盤」了。

　　沈香甲煎為庭燎　玉液瓊蘇作壽杯〈隋宮守歲〉

朱鶴齡注：「《山海經》：『峚山，丹水出焉，其中多白玉，是有玉膏，黃帝是食是饗。』《漢武內傳》：『上藥有風實、雲子、玉液、金漿』

陶潛詩:『白玉煉素液。』《南岳夫人傳》:『設瓊酥綠酒,金觴四奏。』。」
由注家解裡可知,義山此語意在取神仙事物以譬況皇室之華麗。但
「玉液」在一些詩人的作品裡則是喻酒漿之美。如:白居易之〈效
陶潛體詩〉:「開瓶瀉尊中,玉液黃金脂」、劉潛〈謝晉安王賜柑啓〉:
「削彼金衣,咽茲玉液」等皆是。

　　玉郎會此通仙籍　憶向天階問紫芝〈重過聖女祠〉
道源注:「《雲笈七籤》:『登命九天司命侍仙玉郎開紫陽玉笈雲錦之
囊,出九天生神玉章。』。」、馮浩:「《登眞隱訣》:『三清九宮並有僚
屬,其高總稱曰道君,次眞人、眞公、眞卿,其中有御史、玉郎諸小
輩官位甚多。』按:玉郎亦稱侍郎,在仙官中其秩未尊,與『仙籍』
字皆屢見道書。此蓋借喻己之初得第也。」則詩人「玉郎」明指仙官。
但在李嶠詩:「門外雪花飛,玉郎猶未歸」及《上庠錄》中所載裴思
謙贈妓詩:「銀釭斜背解鳴鐺,小語低聲喚玉郎」裡,「玉郎」一是婦
謂其夫,一是用以稱其所歡,皆不同於義山所用。

　　陛下好生千萬壽　玉樓長御白雲杯〈漢南書事〉
「玉樓」在詩人作品中屢見,如〈和韓錄事送宮人入道〉與〈飲席戲
贈同舍〉二詩中皆有,而以〈九成宮〉一詩裡的注解最為完整,錄如
下:朱鶴齡注:「按《十洲記》、《水經注》俱言崑崙天墉城有金臺五所,
玉樓十二;《漢書》·〈郊祀志〉亦言五城十二樓……。」、馮注:「按《集
仙錄》:『西王母所居宮闕在閬風之苑;有城千里,玉樓十二。』。」義
山七律中所用「玉樓」皆本於此。然而亦有詩人以「玉樓」來作樓之
美稱的,如韋莊詩即有:「金勒馬嘶芳草地,玉樓人醉杏花天」一語。
另外,蘇軾詩則又不同:「凍合玉樓寒起粟,光搖銀海眩生花」注作:
「道經以肩項骨為玉樓,眼為銀海。」則知詩人所用皆有不同。

　　以上所引種種,皆為說明以「玉」等華詞所成之"名詞＋名詞"
式偏正複合名詞,其詞義內容須在特定的詩文中才能具體呈現,也才
可能為人所瞭解,正因為詞彙本身的這種不確定性質,因此我們乃有
理由將其歸入義山的造詞行例。其次,若由義山的用詞態度和用詞方

式上看，「玉」、「繡」、「羅」、「錦」等詞在李商隱詩歌中所具的修飾
地位，往往要與色彩鮮明的顏色字相當，以下面數例而言：

　　曉飲豈知金掌迥　夜吟應訝玉繩低〈寄令狐學士〉
　　蠟照半籠金翡翠　麝熏微度繡芙蓉〈無題〉之一
　　碧草暗侵穿苑路　珠簾不捲枕江樓〈與同年李定言曲水閒
　　話戲作〉
　　由來碧落銀河畔　可要金風玉露時〈辛未七夕〉

前三句出現在必求對仗的第三聯〔註10〕裡，而〈辛未七夕〉一首，詩
人更在第二聯中複以三色來陪襯一「玉」。這種以顏色字來對仗「玉」
等器物的用詞方式，可以說明在詩人的遣詞觀念中，「玉」、「繡」等字
眼的修飾價值，實是等同於顏色字群。換言之，「玉」等名詞在詩人的
詞彙系統中，正如顏色字一般，具有形容詞的修飾功能。詩人以之構
詞，乃具有強烈的修飾動機。因此就算是典故中已見的用語，但在義
山的用詞態度和遣詞系統中，都已獨富新意。從另一個角度來說，由
於詩人有以「玉」、「珠」等物與色彩對用的遣詞習慣，因而即使原典
不取「珠」、「玉」等來修造詞彙，但義山在強烈的修辭動機下，仍可
能會利用這類華詞來建構詩歌語彙。由是之故，義山以「玉」、「珠」
等詞所構築的“名詞＋名詞”式偏正結構名詞，即使是詩人直接取自
典故中已有之現成詞彙，也是因為這些詞彙能夠符合義山一貫的修辭
模式，所以才會在字斟句酌的近體七律中，常被義山引用。正因如此，
故仍可將其視為李商隱在修飾目的下，借用現有語彙所完成之「特殊
構詞」。

　　下面將先由「用於偏正結構式之定語」談起。這類定語，雖然多
數都是「玉」、「瓊」、「錦」、「珠」等形象華麗的名詞，但也有少數「冰」、
「煙」、「雪」、「露」等以自然界之景物為詞素的詞彙，因此在「用於

〔註10〕王力先生在談近體詩中對仗的變例時說：「律詩的對仗可以少到只用
　　　　於一聯，多到四聯都用。如果只用於一聯，就是用於頸聯。」（王力，
　　　　《詩詞曲作法》，頁144。）由此可見，只要是被詩人安排在第三聯
　　　　中相對者，必是詩人視為同類之事物。

偏正結構式之定語」中，又再分爲「常見具華麗形象之名詞」、「以自然景物爲詞素的修飾形式」兩組來進行觀察：

一、用於偏正結構式之定語

【1】、常見具華麗形象之名詞

　　如前所述，此以義山"名詞＋名詞"形式之複合名詞爲主，並沿用第三章裡的各種分類模式以比較、呈現義山的言語風格。不過，由於此處所搜羅之對象皆視爲詩人所鍊造之名詞，故在語法功能上僅就出現位置而分成「出現在主語部分」、「出現在賓語部分」及「其他」三個部分。另外，爲免冗長，在詩歌的註解部分，凡前一節中已曾引錄的相關資料，此處皆不再重述。以下即就前一構詞詞素（名詞）的不同，分類如下：

（一）「玉」

1. 【一般性詞語】

　　（a）出現在主語部分

　　玉盤迸淚傷心數　錦瑟驚絃破夢頻〈回中牡丹爲雨所敗二首〉

　　玉帳牙旗得上遊　安危須共主君憂〈重有感〉

　　對影聞聲已可憐　玉池荷葉正田田〈碧城三首〉

　　金輿不返傾城色　玉殿猶分下苑波〈曲江〉

　　金殿香銷閉綺櫳　玉壺傳點咽銅龍〈深宮〉

　　金蟾齧鎖燒香入　玉虎牽絲汲井迴〈無題〉

朱鶴齡注：「按玉虎是井欄之飾，或以施汲器者。」屈復則注引《海錄》：「玉虎，轆轤也。」因此「玉虎」乃指井上汲水之轆轤，並非掌故名詞。

　　（b）出現在賓語部分

　　悵望銀河吹玉笙　樓寒院冷接平明〈銀河吹笙〉

　　　　寒氣先侵<u>玉</u>女扉　　清光旋透省郎闈〈對雪二首〉

陸崑曾曰：「玉女扉、省郎闈，不過借以形其色之白耳。」而劉學鍇、
余恕誠先生則以此二句乃「由賦法起」，因知此非義山用典，詩人只
是想借「玉」之色、質來稱美所對之雪，詞義本身並不涉及神仙事故。

　　（c）其　他

　　　　由來<u>碧</u>落<u>銀</u>河畔　　可要<u>金</u>風<u>玉</u>露時〈辛未七夕〉

2.【典故性詞語】

　　（a）出現在主語部分

　　　　玉郎會此通仙籍　　憶向天階問<u>紫</u>芝〈重過聖女祠〉

馮浩引《登真隱訣》：「三清九宮並有僚屬，其高總稱曰道君，次真人、
真公、真卿，其中有御史、玉郎諸小輩官位甚多。」知「玉郎」為仙
籍中的小官。

　　　　<u>玉</u>輪顧兔初生魄　　鐵網珊瑚未有枝〈碧城三首〉

朱鶴齡引《楚辭》‧〈天問〉：「夜光何德，死而又育？厥利維何，而顧兔
在腹？」王逸注：「言月中有兔，何所貪利，居月之腹而顧望乎？」《書》：
「惟三月，哉生魄。」傳：「始生魄，月十六日明消而魄生。」則義山
此「玉輪」乃用指傳說中兔所居之地「月」也，故為典故性詞語。

　　　　<u>玉</u>桃偷得憐方朔　　<u>金</u>屋修成貯阿嬌〈茂陵〉

馮注：「《神農經》：『玉桃，服之長生不死。若不早得服，臨死日服之，
其尸畢天地不朽。』」、朱鶴齡注：「《漢武故事》：東郡獻短人曰巨靈，
指東方朔謂上曰：『王母種桃三千年一著子，此兒不良，三過偷之
矣。』」。

　　　　<u>玉</u>檢賜書迷鳳篆　　<u>金</u>華歸駕冷龍鱗〈贈華陽宋真人兼寄清
　　　都劉先生〉

朱鶴齡注引《漢書注》：「封禪有金泥玉檢。謂以玉為檢束也。」、《御
覽》：「《三元玉檢經》：「三玄臺，玉檢紫文九天真書在其內。」《真誥》：
「二侍女持錦囊，囊盛書十餘卷，以白玉檢檢囊口。」則「玉檢」亦
為典故性詞語。

　　陛下好生千萬壽　　玉樓長御白雲杯〈漢南書事〉
　　珠樹重行憐翡翠　　玉樓雙舞羨鶤雞〈飲席戲贈同舍〉

「玉樓」之典參見頁 26

　　銅臺罷望歸何處　　玉輦忘還事幾多〈聞歌〉

朱鶴齡：「《拾遺記》：『穆王御黃金碧玉之車，跡轂遍於四海；西王母乘翠鳳之輦，而來與穆王歡歌。』」故此「玉輦」亦事涉仙跡。

　　仙人掌冷三霄露　　玉女窗虛五夜風〈和友人戲贈二首〉

朱鶴齡注：「《漢書》・〈郊祀志〉：『鄠縣有仙人玉女祠。』」、〈魯靈光殿賦〉：「神仙嶽嶽於棟間，玉女窺窗而下視。」則詩人此語當有來處。

　　沈香甲煎為庭燎　　玉液瓊蘇作壽杯〈隋宮守歲〉

朱鶴齡注：「《山海經》：『峚山，丹水出焉，其中多白玉，是有玉膏，黃帝是食是饗。』《漢武內傳》：『上藥有風實、雲子、玉液、金漿』陶潛詩：『白玉煉素液。』《南岳夫人傳》：『設瓊酥綠酒，金觴四奏。』」則「玉液」、「瓊蘇」皆乃神話中之奇物。

　　玉山高與閬風齊　　玉水清流不貯泥〈玉山〉

馮注：「《山海經》・〈西山經〉：『玉山。』注曰：『《穆天子傳》謂之群玉之山，見其阿平無險，四徹中繩，先王之所謂策府。』……」、朱鶴齡注：「《尸子》：『凡水方折者有玉，圓折者有珠；清水有黃金，龍淵有玉英。』」、又馮注：「《山海經》・〈西山經〉：『峚山，丹水出焉，其中多白玉，是有玉膏。』」則詩人所詠之「玉山」、「玉水」，皆有出處。

　　（b）出現在賓語部分

　　已隨江令誇瓊樹　　又入盧家妒玉堂〈對雪二首〉

姚培謙引〈古樂府〉為注：「黃金為君門，白玉為君堂。」則義山此語當有來處可尋。

　　羊權雖得金條脫　　溫嶠終虛玉鏡臺〈中元作〉

「玉鏡臺」典出《世說》一書，應指華麗之鏡奩而言，義山以臂飾「金條脫」為對，即為取其豪華之形象。

　　九枝燈下朝金殿　　三素雲中侍玉樓〈和韓錄事送宮人入道〉
　　浣花牋紙桃花色　　好好題詩詠玉鉤〈送崔珏往西川〉

　　　　金鞍忽散銀壺滴　更醉誰家白玉鉤〈即日〉

「玉鉤」之典見頁 26。

3.【專名性詞語】

（a）出現在主語部分

思子臺邊風自急　玉孃湖上月應沈〈出關宿盤豆館對叢蘆有感〉

曉飲豈知金掌迥　夜吟應訝玉繩低〈寄令狐學士〉

馮注：「《春秋元命苞》：『玉衡北兩星為玉繩，玉之為言溝刻也。』。」可見「玉繩」乃為星象名詞。

（b）出現在賓語部分

深慚走馬金牛路　驟和陳王白玉篇〈行至金牛驛寄興元渤海尚書〉

「陳王白玉篇」為曹子建所作之詩，故為專有名詞。

　　綜上，「玉」之用法統計如下表：

	主　語	賓　語	其　他	計
一般	6	2	1	9
用典	11	5		16
專名	2	1		3
計	19	8	1	28

　　「玉」是詩人這類構詞模式中，使用頻率最高的構詞詞素。其中多數皆與神道典故合寫，部分名詞更在這種特定的情境中，呈現出專有名詞的特指性質。事實上，由於「玉」具有高潔、溫麗、珍貴等多種形象特質，正適於用以稟述天界神物的美好與純淨。當然，富豔、華貴也是仙人天境的重要特質，在這方面，義山則借由顏色字的搭配以補其不足。在上引二十七聯詩句中，二十個符號「■」所標示的反白字之位置，即是詩人運用色彩字的地方，其中更以「金」色為主色，前後共有十一次之多，而九次並以「金」、「玉」相望的

對仗形式出現，[註11] 詩人的遣詞態度及用詞模式由此可見一般。至於所「＿」標示的「錦」、「珠」、「銅」、「瓊」四處，則是被義山安排在對仗位置裡的另一個華詞。二十八個「玉」字，配著二十四個形象鮮麗的字眼，一個堂皇濃麗的世界由此藻飾而出。另外，由於「玉」多用以稱述天上神物，故其用典率最高，同時詩人傾向由「玉」所構造之詞，來作詩句中之主語。其取物之對象小至「玉笙」、「玉漏」與「玉檢」，大至「玉輦」、「玉樹」與「玉樓」，還包括「玉女」、「玉郎」及「玉孃」等人物，種類繁多。這主要是由於「玉」在義山的詞義系統中含攝了「神聖」、「華貴」與「潔淨」等多重含義，因此「玉」能參與構詞的範圍也就要比「珠」、「繡」、「錦」等其他華詞為高。

（二）「瓊」

1.【一般性詞語】

（a）出現在主語部分

冰簟且眠**金**鏤枕　瓊筵不醉**玉**交杯〈可歎〉

此「瓊筵」乃指盛宴而言。

2.【典故性詞語】

（a）出現在主語部分

誰言瓊樹朝朝見　不及**金**蓮步步來〈南朝〉

朱鶴齡注：「《陳書》：『後主製新曲，有〈玉樹後庭花〉、〈臨江樂〉等，其略云：『璧月夜夜滿，瓊樹朝朝新。』大抵美張貴妃、孔貴嬪之容色。」則義山「瓊樹」一語乃有所本。

沈香甲煎爲庭燎　**玉**液瓊蘇作壽杯〈隋宮守歲〉

[註11] 此中包括了一次王力先生所謂「句中自對，而另一句不再相對」的用法在內。（王力，《詩詞曲作法》，頁 179、180：「這種句中自對，和同義反義的連用字稍有不同；它至少用兩個字和另兩個字相對。……如係七言，往往是上四字和下三字相對。這樣，雖然在字數上不相等，在意義上卻是頗工整的對仗。……這種句中自對的辦法只能用於首聯的出句或對句……。」）。

「瓊蘇」之典見上引，頁52。

（b）出現在賓語部分

已隨江令誇瓊<u>樹</u>　又入盧家姤玉堂〈對雪二首〉

南朝禁臠無人近　瘦盡瓊枝詠四愁〈韓同年新居餞韓西迎

家室戲贈〉

朱鶴齡注：「《離騷》：『折瓊枝以繼佩。』張衡有〈四愁詩〉。」、姚培
謙注：「江淹詩：『願一見顏色，不異瓊樹枝。』」、馮注引《莊子》‧
逸篇：「孔子見老子，從弟子五人：子路勇，子貢智，曾子孝，顏回
仁，子張武。老子歎曰：『吾聞南方有鳥，其名為鳳，所居積石千里，
河水出下，天下為食，其樹名瓊枝，高百二十仞，以璆琳琅玕為實。
天又為生離珠，一人三頭，遞臥遞起，以琅玕飼鳳凰。』」

星使追還不自由　雙童捧上<u>綠</u>瓊<u>輴</u>〈和韓錄事送宮人入道〉

姚培謙注曰：「〈雲笈七籤〉：『凡行玉清之道，出則給玉童玉女，瓊輪
前導，鳳歌後從。』」馮注：「《太上飛行九神玉經》：『凡行玉清、上清、
太清之道，皆給玉童、玉女，乘瓊輪丹輿之屬。』」朱鶴齡：「《詩詁》：
『車前橫木上勾衡者謂之輴，亦曰軨。』」。

「瓊」之用法統計如下：

	主　語	賓　語	其　他	計
一般	1			1
用典	2	3		5
計	3	3		6

由於「瓊」字在義山的作品中使用的頻率不算特多，因此詩人
遣詞過程中所出現的規律性及代表性都嫌薄弱。比較值得注意的
是，義山似有偏喜「瓊」、「玉」搭配使用的傾向。而義山「瓊」的
用法也以典故性詞語為多。以下幾組，由於出現的數量有限，因此，
若如無明顯的用詞規律，便只在句中標示顏色字以及其他華詞的出
現位置，而不另作說明。

（三）「繡」

1. 【一般性詞語】

　　（a）出現在賓語部分

　　　憶事懷人兼得句　　翠衾歸臥繡簾中〈藥轉〉

　　　蠟照半籠金翡翠　　麝熏微度繡芙蓉〈無題〉

2. 【典故性詞語】

　　（a）出現在主語部分

　　　鄂君悵望舟中夜　　繡被焚香獨自眠〈碧城三首〉

馮注引《說苑》：「鄂君子皙泛舟於新波之中也，……會鐘鼓之音畢，榜枻越人擁楫而歌曰：『今夕何夕兮？搴洲中流；……山有木兮木有枝，心悅君兮君不知！』於是鄂君乃揄修袂，行而擁之，舉繡被而覆之。」。

　　　錦幃初卷衛夫人　　繡被猶堆越鄂君〈牡丹〉

　　　絲樹轉燈珠錯落　　繡檀迴枕玉雕鎪〈富平少侯〉

馮浩注引徐陵之詩和〈魏都賦〉說：「帶杉行障口，覓釧枕檀邊」、「木無雕鎪」，則「繡檀迴枕玉雕鎪」乃義山融鑄前人詩語而成。至於分別出現在下上聯裡的「珠錯落」與「玉雕鎪」，雖然也是「珠」、「玉」相對的美詞形式，但二者在此皆作單音節主語來用，故不列入本文研究的範圍之內。

　　　玄武湖中玉漏催　　雞鳴埭口繡襦迴〈南朝〉

朱鶴齡注引《南史》：「齊武帝數幸琅邪城，宮人常從，早發，至湖北埭，雞始鳴，故呼爲雞鳴埭。」此「繡襦」即指典故裡的「宮人」而言。

　　　「繡」之用法表列：

	主　語	賓　語	其　他	計
一般		2		2
用典	3			3
計	3	2		5

　　　「繡」出現於「一般性詞語」時，其語法功能集中於賓語一項，而當其以「典故性詞語」出現時，其語法功能卻又集中於「主語」一

欄；此是華詞「繡」在義山七律作品裡，用法最爲獨特之處。

（四）「錦」

1.【一般性詞語】

（a）出現在主語部分

錦瑟無端五十絃　一絃一柱思華年〈錦瑟〉

玉盤迸淚傷心數　錦瑟驚絃破夢頻〈回中牡丹爲雨所敗二首〉

2.【典故性詞語】

（a）出現在主語部分

錦幃初卷衛夫人　繡被猶堆越鄂君〈牡丹〉

馮注引《典略》：「孔子反衛，夫人南子使人謂之曰：『四方君子之來者，必見寡小君。』不得已見之。夫人在錦帷中，孔子北面稽首，夫人自帷中再拜，環珮之聲璆然。」。

玉璽不緣歸日角　錦帆應是到天涯〈隋宮〉

朱鶴齡注：「《開河記》：『煬帝御龍舟幸江都，舳艫相繼，自大堤至淮口，聯綿不絕，錦帆過處，香聞十里。』」。

（b）出現在賓語部分

遙知小閣還斜照　羨殺烏龍臥錦茵〈題二首後重有戲贈任秀才〉

典故出處參見頁 36。

「錦」字用法表列如下：

	主　語	賓　語	其　他	計
一般	2			2
用典	2	1		3
計	4	1		5

（五）「綵」

1.【一般性詞語】

（a）出現在賓語部分

　　　身無綵鳳雙飛翼　　心有靈犀一點通〈無題〉
　　　雲路招邀迴綵鳳　　天河迢遞笑牽牛〈韓同年新居餞韓西迎
　　　家室戲贈〉

2.【典故性詞語】

　　（a）出現在主語部分
　　　但使故鄉三戶在　　綵絲誰惜懼長蛟〈楚宮〉

「綵絲」乃用屈原投江之典。

　　　仙舟尚惜乖雙美　　綵服何由得盡同〈奉和太原公送前楊秀
　　　才戴兼招楊正字戎〉

馮注引《困學紀聞》:「陳思王〈靈芝篇〉:『伯瑜年七十,綵衣以娛
親。』今人但知老萊子,不知伯瑜。」。

　　　綵樹轉燈珠錯落　　繡檀迴枕玉雕鎪〈富平少侯〉

朱鶴齡注:「《開元遺事》:『韓國夫人上元夜然百枝燈樹,高八十餘尺,
竪之高山,百里皆見。」「綵樹」一詞即源出於此中之「燈樹」。

　　　「綵」之用法如下表:

	主　語	賓　語	其　他	計
一般	2			2
用典	3			3
計	5			5

　　　「錦」、「綵」二字與顏色字搭用的情形並不熱絡,其中「綵」字
更只與「繡」字對用一次,便不曾再與顏色字或華詞搭配表現。

（六）「珠」

1.【一般性詞語】

　　（a）出現在主語部分
　　　紅樓隔雨相望冷　　珠箔飄燈獨自歸〈春雨〉

2.【典故性詞語】

　　（a）出現在主語部分

珠樹重行憐翡翠　玉樓雙舞羨鵾雞〈飲席戲贈同舍〉

朱鶴齡注：「《山海經》：『三珠樹在厭火國北，生赤水上，樹如柏葉，皆爲珠。』」。

　　碧草暗侵穿苑路　珠簾不捲枕江樓〈與同年李定言曲水閒話戲作〉

馮注引《西京雜記》：「昭陽殿織珠爲簾，風至則鳴，如珩珮之聲。」。

　　寄問釵頭雙白燕　每朝珠館幾時歸〈聖女祠〉

義山此聯所言乃源出《洞冥記》之所載，而「珠館」一詞則是義山用以形容故事裡的神仙居處。

　　（b）出現在賓語部分

　　君緣接坐交珠履　我爲分行近翠翹〈梓州罷吟寄同舍〉

朱鶴齡注：「《史記》：『楚春申君上客三千人，皆躡珠履。』」。

　　「珠」之用法如下表：

	主　語	賓　語	其　他	計
一般	1			1
用典	3	1		4
計	4	1		5

　　顏色字的搭配似乎是詩人用「珠」的主要特色，其中又以「綠」色爲多。除了名詞「翡翠」之外，「碧」、「翠」皆曾在其相對位置出現過一次。

（七）「畫」

1.【一般性詞語】

　　（a）出現在主語部分

　　伊水濺濺相背流　朱欄畫閣幾人遊〈十字水期韋潘侍御同年不至時韋寓居水次故郭汾寧宅〉

　　（b）其　他

　　鬱金堂北畫樓東　換骨神方上藥通〈藥轉〉

　　昨夜星辰昨夜風　畫樓西畔桂堂東〈無題〉

「畫」之用法如下表：

	主　語	賓　語	其　他	計
一般	1		2	3
用典				
計	1		2	3

　　「畫」是所有華詞中，唯一以「其他」爲主要出現位置的華詞，若是仔細觀察，還可發現，兩次皆用「畫樓」一詞，同時也都出現在第一聯中，並以「樓」、「堂」所併連的名詞詞組來架構詩句。

（八）「粉」

1. 【一般性詞語】

　　（a）出現在主語部分

　　　前溪舞罷君迴顧　併覺今朝<u>粉</u>態新〈回中牡丹爲雨所敗二首〉

　　（b）出現在賓語部分

　　　旋撲珠簾過<u>粉</u>牆　輕於柳絮重於霜〈對雪二首〉

2. 【典故性詞語】

　　（a）出現在主語部分

　　　青陵<u>粉</u>蝶休離恨　長定相逢二月中〈蜂〉

朱鶴齡注：「《彤管新編》：『韓憑爲宋康王舍人，妻何氏美，王欲之，捕舍人，築青陵臺，何氏作烏鵲歌以見志，遂自縊死，韓亦死。』《列異傳》：『宋康王埋韓憑夫妻，宿昔文梓生，有鴛鴦雌雄各一，恒棲樹上，音聲感人。或云：化爲蝴蝶。』」故「粉蝶」即指典故中所言之蝴蝶。

　　「粉」之用法如下表：

	主　語	賓　語	其　他	計
一般	1	1		2
用典	1			1
計	2	1		3

（九）「羅」、「綺」、「羽」、「銅」、「瑤」、「霓」等

1. 【一般性詞語】

（a）出現在主語部分

水亭暮雨寒猶在　羅薦春香暖不知〈回中牡丹爲雨所敗二首〉

一丈紅薔擁翠筠　羅窗不識繞街塵〈題二首後重有戲贈任秀才〉

金殿香銷閉綺櫳　玉壺傳點咽銅龍〈深宮〉

金殿香銷閉綺櫳　玉壺傳點咽銅龍〈深宮〉

「閉綺櫳」、「咽銅龍」實爲「綺櫳閉」、「銅龍咽」之倒寫，故應是出現在主語位置者。

（b）出現在賓語部分

永巷長年怨綺羅　離情終日思風波〈淚〉

夜掩牙旗千帳雪　朝飛羽騎一河冰〈贈別前蔚州契苾使君〉

松篁臺殿蕙香幃　龍護瑤窗鳳掩扉〈聖女祠〉

罷執霓旌上醮壇　慢粧嬌樹水晶盤〈天平公座中呈令狐令公〉

（c）其　他

佳兆聯翩遇鳳凰　雕文羽帳紫金床〈赴職梓潼留別畏之員外同年〉

2. 【典故性詞語】

（a）出現在主語部分

銅臺罷望歸何處　玉輦忘還事幾多〈聞歌〉

「銅臺」即「銅雀臺」之省，典出《鄴都故事》：「魏武帝遺命諸子曰：『吾死之後，葬於鄴之西崗。婕妤美人，皆著銅雀臺上，施六尺床，下繐帳。朝晡上酒脯粻糒之屬。每月朔、十五，輒向帳前作伎樂。汝等時登臺，望吾西陵墓田。』」。

（b）出現在賓語部分

空記大羅天上事　眾仙同日詠霓裳〈留贈畏之〉

馮注：「《唐逸史》：『羅公遠嘗與明皇遊月宮，見仙女數百，皆素練霓

衣，舞于廣庭間，其曲曰霓裳羽衣，帝默記其音調而還。明日，召樂工作是曲。』按：諸書所記各有小異。《文獻通考》：『唐明皇朝有不羅天曲，茅山道士李會元作。』」

「羅」、「綺」、「羽」、「銅」、「瑤」、「霓」之用法如下表：

	主　語	賓　語	其　他	計
一般	4	4	1	9
用典	1	1		2
計	5	5	1	11

以上諸「玉」、「瓊」、「繡」、「錦」以至於「銅」、「羽」等，是各種器物中富有華麗形象的字眼，除了材質本身色澤的美麗外，還有濃厚的裝飾意味。也由於這類器物在物質貧乏的時代中，是十分珍貴而少有，一般只見於宮廷或權貴之家，故在詞彙的形象上更添加了許多奢靡的氣息。

除了一些華麗的器物名稱外，義山也會利用自然景物來鍛造相同結構的語詞，此處將其統納在「以自然景物為詞素的修飾形式」的構詞模式來作觀察，以比較、突顯其與華麗性名詞間不同的運用模式。

【2】、以自然景物為詞素的修飾形式

（一）「煙」、「冰」

1. 【一般性詞語】

　（a）出現在主語部分

　　煙幌自應憐白紵　月樓誰伴詠黃昏〈汴上送李郢之蘇州〉

　（b）出現在賓語部分

　　亦擬村南買煙舍　子孫相約事耕耘〈子初郊墅〉

2. 【典故性詞語】

　（a）出現在主語部分

　　冰簟且眠金鏤枕　瓊筵不醉玉交杯〈可歎〉

《李商隱詩歌集解》中以此二句：「『冰簟』句謂獨處清冷；『瓊筵』句謂意緒不佳，皆形容宓妃。」。

（b）出現在賓語部分

　　河伯軒窗通貝闕　　水宮帷箔卷冰綃〈利州江潭作〉

朱鶴齡注：「用鮫人織綃事。」、馮浩注：「冰綃即鮫綃。」劉學鍇、余恕誠《李商隱詩歌集解》則補曰：「《述異記》：『南海出鮫銷紗，泉室（即鮫人）潛織，一名龍沙。其價百餘金。以為服，入水不濡。』」義山此借「冰」之水質與涼性，來扣合典故之出處與「利州江潭」之主題。

　　「煙」、「冰」之用法如下表：

	主　語	賓　語	其　他	計
一般	1	1		2
用典	1	1		2
計	2	2		4

（二）「雪」、「火」、「夢」、「露」、「花」、「春」

1. 【一般性詞語】

（a）出現在主語部分

　　一條雪浪吼巫峽　　千里火雲燒益州〈送崔珏往西川〉
　　一條雪浪吼巫峽　　千里火雲燒益州〈送崔珏往西川〉

「雪浪」之「雪」與「火雲」之「火」，皆是借其質色以寫白浪淘淘、狀雲色之豔紅。「雪」、「火」寫出「白」、「紅」的鮮豔對照。

　　一春夢雨常飄瓦　　盡日靈風不滿旗〈重過聖女祠〉

劉學鍇、余恕誠《李商隱詩歌集解》補注：「王若虛《滹南詩話》引蕭閑語曰：『蓋雨之至細若有若無者，謂之夢。』」則「夢雨」乃是義山狀寫細雨之詞。

　　天泉水暖龍吟細　　露畹春多鳳舞遲〈一片〉

（b）出現在賓語部分

　　　東望<u>花</u>樓會不同　　西來雙燕信休通〈和友人戲贈二首〉

「花樓」是義山狀樓之美所造之語，非指「花中樓閣」。

2.【典故性詞語】

　　（a）出現在主語部分

　　　莊生曉夢迷蝴蝶　　望帝<u>春</u>心托杜鵑〈錦瑟〉

朱鶴齡注引《水經注》：「來敏本《蜀論》：『望帝者，杜宇也。從天下女子朱利自江源出，爲宇妻，遂王於蜀，號曰望帝。』」、《蜀王本紀》：「望帝使鼈靈治水，與其妻通，慚愧，且以德薄不及鼈靈，乃委國授之。望帝去時，子規方鳴，故蜀人悲子規鳴而思望帝。」、《成都記》：「望帝死，其魂化爲鳥，名曰杜鵑，亦曰子規。」陳永正《李商隱詩選》則將此二句解爲：「像蜀國的望帝，把那美好而哀怨的心事，都寄托在杜鵑鳥的悲鳴之中。」可見「春心」是詩人用以狀述望帝心境的造語。

　　　「雪」、「火」、「夢」、「露」、「花」、「春」之用法如下表：

	主　　語	賓　　語	其　　他	計
一般	4	1		5
用典	1			1
計	5	1		6

　　　由「煙」以下的八種名詞來看，種類雖然不少，但比起十四種華詞的運用仍是遜色許多，而其使用頻率也都不高，除了「煙」、「冰」各有兩次之外，其餘六種都只見一次，無論是種類還是用量，都要比「常見之華麗性名詞」短少很多。同時詩中「玉」、「瓊」等華詞的搭配也已銳減，即使是顏色字的運用，也是十分有限。就其質性而言，除「火」、「花」二例之外，「煙」、「冰」、「雪」、「夢」、「露」諸詞，多具有「輕微細小」的質性，或「短暫、稍縱即逝」的特質，「煙」、「夢」，乃至「露」水的幽忽飄渺，「冰」、「雪」的寒冷凜冽，即便是「春心」（望帝春心托杜鵑）也因爲典故背後濃厚的遺憾和傷感，使得「春心」也成了「美好而哀怨」的苦悶情衷。由此，或也顯現出詩

人偏好以幽微短暫的自然景物爲構詞詞素，以煉造新詞，修飾傷感。

　　這說明了在利用"名詞＋名詞"以成偏正式複合名詞的構詞過程中，義山喜用色澤豔麗、形象富貴的字眼來作修飾成分，以形塑詩歌的穠豔特徵，而自然景物中的「煙」、「冰」、「雪」、「夢」、「露」等，則可在豐華富麗之外，以幽微、短暫、冰冷的形象構築出義山詩歌中纖細迷離、冷清感傷的又一情調。至於在語法功能方面，由這類構詞所成的名詞，無論華麗與否，皆以主語爲主要的設計對象，呈現了複雜中難得的統一。

　　義山雖以"名詞＋名詞"的形式爲建構新名詞時的主要模式，不過，在詩人一百二十首七律作品中，也有幾個結構特殊、形象鮮明的名詞。由於其構詞形式不一，故本文將其統納在「特殊構詞及其語法關係」中來逐一討論。

二、特殊構詞及其語法關係

　　玉璫緘札何由達　萬里雲羅一雁飛〈春雨〉

「雲羅」乃是指「陰雲遍佈，如張網羅」〔註12〕之意，其中「雲」是詩人描繪的主角，而「羅」乃狀其濃密滿佈之形，因此當是一個主謂結構名詞，爲義山七律詩中以「名詞修飾名詞」的構詞形式中，唯一一個以後位修飾方式出現的詞彙，故列爲「特殊構詞」中的一員。

　　冰簟且眠金鏤枕　瓊筵不醉玉交杯〈可歎〉

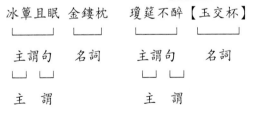

此二句出現在詩歌頸聯裡，從語句結構來看，二者的對仗可以說是十分工整。兩者都是先由「主謂語句」起首，而後再加入另一個單獨的

〔註12〕見《李商隱詩選》，陳永正，頁62。

個別成分。其中,「金鏤枕」是詩人濃縮〈洛神賦序〉中:「玉鏤金帶枕」一語而來,指的是一個精雕細琢的華麗枕頭。再從詩歌要求對仗的原則來看,則「玉交杯」也應該是一個單一的名詞,只不過如此一來,「玉交杯」究竟是個什麼樣的「杯」,便很令人費解了。事實上,從「金鏤枕」裡「鏤」的修飾性格可以推知,義山「玉交杯」裡的「交」也該是個修飾成分,旨在形容觥籌交錯之狀,因此,「玉交杯」實是義山在名詞「玉杯」之中,插進了由動詞轉任形容詞的「交」字所成的詞語。〔註13〕

垂手亂翻雕玉佩　折腰爭舞鬱金裙〈牡丹〉

垂手　　亂翻【雕玉佩】
└┘　　└─────┘

主　　　　謂
└┘　　└──┘

動　　賓

「垂手」原指舞名,朱鶴齡引《樂府解題》說:「大垂手、小垂手,皆言舞而垂其手也。」因而義山此語在性質上既可與下句中另一舞名「折腰」相對,〔註14〕同時也可就詞組本身的語義,將其視為動賓詞組結構之主語。如此,則賓語之「雕玉佩」當作名詞來看,而詩家之解也是:「頷聯以貴家舞者翩躚起舞時佩飾翻動、長裙飄揚之輕盈姿態,形容春風吹拂下牡丹枝葉搖曳之動人情態。」,〔註15〕故由學者所作的詩解裡可以發現,與「鬱金裙」相對的「雕玉佩」一詞,當亦視如名詞看待,乃指「佩飾」而言,詩人複以「雕」飾之,主要的目

〔註13〕關於詩人在語詞之中插入其他語言成分的作法,並非僅此獨有,筆者以第六章來作專章討論。由於第六章是以「詞」及「固定詞組」為對象,而此處的「玉杯」卻如「玉殿」、「玉帳」一般,是詩人特意為修飾而設的詞彙,並非固定用法,因此只作互相參証之例,而不納入第六章的「特殊詞彙運用法」裡。

〔註14〕朱鶴齡注引《西京雜記》:「戚夫人能作翹袖折腰之舞」。(見劉學鍇、余恕誠,《李商隱詩歌集解》,頁1550。)

〔註15〕劉學鍇、余恕誠,《李商隱詩歌集解》,頁1554。

的和用法，正與上句「玉交杯」裡的「交」一樣，都是詩人為完成對仗目的而妥協的結果。

更深欲訴蛾眉斂　衣薄臨醒玉<u>艷</u>寒〈天平公座中呈令狐令公〉

衣薄臨醒　【玉艷】寒
　　　　　　└─┘└┘
　　　　主　　謂

劉學鍇、余恕誠先生將此句解作：「玉艷，容光。二句謂更深斂眉欲訴，似含幽怨；夜寒衣薄酒醒；益增奇艷。」則「玉艷」在此當代指女性容貌而言，事實上由上句中即以「蛾眉」來稱代女性的情況來說，詩人在下句中換以其他詞語來稱呼相同對象，也是十分自然的情形。更何況「玉」所持有的高潔特質，向來都是詩人形容女性時常見的手法。而形容詞「艷」，同樣也是詩人墨客在誦詠女性時常用的詞彙，因此我們可以相信「玉艷」一詞，是義山企圖聯合前一詞素中「玉」的質性，與後一詞素中「艷」的美感形象，來共同稟述女性容顏之美的新創名詞。

日下繁香不自持　月中<u>流艷</u>與誰期〈曲池〉

月中　【流艷】　與誰期
　　　└─┘└─┘
　　主　　　　謂
　└─┘└─┘
　　定　　中

除與名詞詞組的「繁香」相對之外，從詩句的結構角度來分析，「流艷」也應為名詞性質之詞彙，學者一般亦作此解。劉學鍇、余恕誠先生說：「二句蓋以麗日照耀下之繁花與月中流艷之嫦娥暗喻曲池宴席上之某一美麗女性。」、「『日下繁香』與『月中流艷』均指自己所屬意之女子。」可見「流艷」一詞亦在稱指女性，「艷」之用法已如上述，而「流」之功能，則是詩人借月光猶如洩水的特質，一方面以狀其柔美，一方面也借「月之流」來暗示其「艷」所指之對象乃為月中嫦娥。因此「流艷」一詞，當亦為詩人在稱敘女性時所創寫出來的偏

正式複合名詞。

三、本章小節

　　本章旨在探索義山構詞方式與穠豔文風間的對應關係，由上述中不難發現，義山詩歌富豔特質的主要成因，實在於顏色字與本章所探討的華麗性名詞間的搭配與堆疊。為求進一步掌握義山穠豔文風與二者之關係，以下將就顏色字及義山之華詞在詩歌中堆疊運用的情況（出現在三次以上者），加以列比觀察。

（一）一首裡出現六次者（一首）

　　鬱<u>金</u>堂北<u>畫</u>樓東　換骨神方上藥通〈藥轉〉
　　露氣暗連<u>青</u>桂苑　風聲偏獵<u>紫</u>蘭叢
　　憶事懷人兼得句　<u>翠</u>衾歸臥<u>繡</u>簾中

（二）一首裡出現五次者（八首）

　　<u>白</u>石巖扉<u>碧</u>蘚滋　上清淪謫得歸遲〈重過聖女祠〉
　　萼<u>綠</u>華來無定所　杜蘭香去未移時
　　<u>玉</u>郎會此通仙籍　憶向天階問<u>紫</u>芝
　　秘殿崔嵬拂<u>彩</u>霓　曹司今在殿東西〈寄令狐學士〉
　　賡歌太液翻<u>黃</u>鵠　從獵陳倉獲<u>碧</u>雞
　　曉飲豈知<u>金</u>掌迥　夜吟應訝<u>玉</u>繩低
　　<u>錦</u>幃初卷衛夫人　<u>繡</u>被猶堆越鄂君〈牡丹〉
　　垂手亂翻雕<u>玉</u>佩　折腰爭舞鬱<u>金</u>裙
　　我是夢中傳<u>彩</u>筆　欲書花片寄朝雲
　　悵臥新春<u>白</u>袷衣　<u>白</u>門寥落意多違〈春雨〉
　　<u>紅</u>樓隔雨相望冷　<u>珠</u>箔飄燈獨自歸
　　<u>玉</u>璫緘札何由達　萬里雲羅一雁飛
　　星使追還不自由　雙童捧上<u>綠</u>瓊輈〈和韓錄事送宮人入道〉
　　九枝燈下朝<u>金</u>殿　三<u>素</u>雲中侍<u>玉</u>樓
　　蓬島煙霞閬苑鐘　三管箋奏附<u>金</u>龍〈鄭州獻從叔舍人褒〉
　　絳簡尚參<u>黃</u>紙案　丹爐猶用<u>紫</u>泥封

由來碧落銀河畔　　可要金風玉露時〈辛未七夕〉
豈能無意酬烏鵲　　惟與蜘蛛乞巧絲
一丈紅薔擁翠篔　　羅窗不識繞街塵〈題二首後重有戲贈任
秀才〉
遙知小閤還斜照　　羨殺烏龍臥錦茵
山色正來銜小苑　　春陰只欲傍高樓〈即日〉
金鞍忽散銀壺滴　　更醉誰家白玉鉤

（三）一首裡出現四次者（十四首）

罷執霓旌上醮壇　　慢粧嬌樹水晶盤〈天平公座中呈令狐令
公〉
更深欲訴蛾眉斂　　衣薄臨醒玉豔寒
白足禪僧思敗道　　青袍御史擬休官
對影聞聲已可憐　　玉池荷葉正田田〈碧城三首〉
紫鳳放嬌銜楚珮　　赤鱗狂舞撥湘絃
鄂君悵望舟中夜　　繡被焚香獨自眠
絳節飄颻空國來　　中元朝拜上清迴〈中元作〉
羊權雖得金條脫　　溫嶠終虛玉鏡臺
有娀未抵瀛洲遠　　青雀如何鴆鳥媒
梁家宅裏秦宮入　　趙后樓中赤鳳來〈可歎〉
冰簟且眠金鏤枕　　瓊筵不醉玉交杯
不收金彈拋林外　　卻惜銀床在井頭〈富平少侯〉
綵樹轉燈珠錯落　　繡檀迴枕玉雕鎪
陶詩只採黃金實　　郢曲新傳白雪英〈和馬郎中移白菊見示〉
素色不同籬下發　　繁花疑自月中生
珠樹重行憐翡翠　　玉樓雙舞羨　　雞〈飲席戲贈同舍〉
蘭迴舊蕊緣屏綠　　椒綴新香和壁泥
樓上春雲水底天　　五雲章色破巴牋〈行至金牛驛寄興元渤
海尚書〉
深慚走馬金牛路　　驟和陳王白玉篇
紅壁寂寥崖蜜盡　　碧簷迢遞霧巢空〈蜂〉
青陵粉蝶休離恨　　長定相逢二月中

玄武湖中玉漏催　雞鳴埭口繡襦迴〈南朝〉
誰言瓊樹朝朝見　不及金蓮步步來
旋撲珠簾過粉牆　輕於柳絮重於霜〈對雪二首〉
已隨江令誇瓊樹　又入盧家妒玉堂
佳兆聯翩遇鳳凰　雕文羽帳紫金床〈赴職梓潼留別畏之員
外同年〉
烏鵲失棲常不定　鴛鴦何事自相將
金殿香銷閉綺櫳　玉壺傳點咽銅龍〈深宮〉

（四）一首裡出現三次者（二十首）

仙人掌冷三霄露　玉女窗虛五夜風〈和友人戲贈二首〉
翠袖自隨迴雪轉　燭房尋類外庭空
殷勤莫使清香透　牢合金魚鎖桂叢
昨夜星辰昨夜風　畫樓西畔桂堂東〈無題〉之一
身無綵鳳雙飛翼　心有靈犀一點通
隔座送鉤春酒暖　分曹射覆蠟燈紅
籍籍征西萬戶侯　新緣貴婿起朱樓〈韓同年新居餞韓西迎
家室戲贈〉
雲路招邀迴綵鳳　天河迢遞笑牽牛
南朝禁臠無人近　瘦盡瓊枝詠四愁
煙幌自應憐白紵　月樓誰伴詠黃昏〈汴上送李郢之蘇州〉
蘇小小墳今在否　紫蘭香徑與招魂
錦瑟無端五十絃　一絃一柱思華年〈錦瑟〉
滄海月明珠有淚　藍田日暖玉生煙
夜掩牙旗千帳雪　朝飛羽騎一河冰〈贈別前蔚州契苾使君〉
蕃兒襁負來青塚　狄女壺漿出白登
吳岳曉光連翠巘　甘泉晚景上丹梯〈九成宮〉
荔枝盧橘沾恩幸　鸑鷟天書濕紫泥
莫恃金湯忽太平　草間霜露古今情〈覽古〉
空糊頹壤眞何益　欲舉黃旗竟未成
玉盤迸淚傷心數　錦瑟驚絃破夢頻〈回中牡丹爲雨所敗二
首〉

前溪舞罷君迴顧　　併覺今朝粉態新
望斷平時翠輦過　　空聞子夜鬼悲歌〈曲江〉
金輿不返傾城色　　玉殿猶分下苑波
運去不逢青海馬　　力窮難拔蜀山蛇〈詠史〉
幾人曾預南薰曲　　終古蒼梧哭翠華
碧草暗侵穿苑路　　珠簾不捲枕江樓〈與同年李定言曲水閒
話戲作〉
莫驚五勝埋香骨　　地下傷春亦白頭
玉山高與閬風齊　　玉水清流不貯泥〈玉山〉
聞道神仙有才子　　赤簫吹罷好相攜
沈香甲煎爲庭燎　　玉液瓊蘇作壽杯〈隋宮守歲〉
昭陽第一傾城客　　不踏金蓮不肯來
伊水濺濺相背流　　朱欄畫閣幾人遊〈十字水期韋潘侍
御同年不至時韋寓居水次故郭汾寧宅〉
西園碧樹今誰主　　與近高窗臥聽秋
碧江地沒元相引　　黃鶴江邊亦少留〈無題〉
人生豈得長無謂　　懷古思鄉共白頭
五色玻璃白畫寒　　當年佛腳印旃檀〈詠三學山〉
夜看聖燈紅菡萏　　曉驚飛石碧琅玕
紫泉宮殿鎖煙霞　　欲取蕪城作帝家〈隋宮〉
玉璽不緣歸日角　　錦帆應是到天涯
松篁臺殿蕙香幃　　龍護瑤窗鳳掩扉〈聖女祠〉
寄問釵頭雙白燕　　每朝珠館幾時歸
斂笑凝眸意欲歌　　高雲不動碧嵯峨〈聞歌〉
銅臺罷望歸何處　　玉輦忘還事幾多

　　在這裡可以看到詩人對這兩種深具美麗形象的詞彙的運用方
式，偏向於高頻率的堆累重複，使義山的詩歌作品在同時之間，不斷
的併疊著色彩鮮豔、富貴的眩麗形象，強烈刺激讀者的視覺想像，詩
歌的濃豔質感即由此出。

　　本文乃是以語言學的角度，從義山的使詞規律與個人的造詞特

色，來瞭解詩人在言語風格上所呈現出來的形貌特徵。因此，雖也論及詩人的設色和雕琢器物的方式，但在觀察的角度、論述的方法及討論的範圍上，皆與傳統的賞析研究不同，筆者由此以入，即是為了藉由對照來顯現語言風格學與傳統文藝風格學間，不同的研究領域和研究目標。下面將再就另一個詩歌常見的修辭手法 —— 重疊，來進一步突顯它們兩者之間的差異。

第四章　重複形式

　　音樂是詩歌本有的一種美感要求，因此詩人除了以平仄押韻來經營詩中的音樂旋律外，衍聲複詞〔註1〕和相同音韻節奏的循環、復沓，也能增進詩歌旋律的滑暢。在李商隱的七言律詩中，「重複」便是詩人藉以塑造韻律節奏的重要手段。詩中除了詞彙學上所稱的重疊詞外，也有藉著相同兩個「字」或「詞」〔註2〕的重出，來營造不同的音律效果。或見於同句之中、或分列於上下兩句之間，在一百二十首七律詩中，即有四十二首運用了此種「重複形式」，約三分之一以上的出現率。因此觀察詩人對各種「重複形式」的使用狀況，也是探究詩人語言風格的重要線索。

　　重複形式的藝術技巧屢爲學者探折，而修辭學上更是論述精詳。然而各家定名用語始終不一。〔註3〕爲避免名稱上的混淆而造成不必

〔註 1〕衍聲複詞是詞素間依聲音關係而結合的複合詞，各語言學家間的分類不盡相同。有將其分爲：連綿詞、音譯詞、擬聲詞三種組合形式者（詳見竺師家寧先生之詞彙學講稿）。也有分爲：疊字衍聲、雙音節衍聲以及帶詞綴衍聲複詞三類者（如楊如雪先生〈婆婆、媽媽 vs. 婆婆媽媽，手足≠手&足？──國語的構詞法〉《國文天地》，8 卷 6 期），頁 90～94。此從竺師家寧先生。

〔註 2〕重疊詞即指由詞素的重疊而產生的衍聲複詞，而「字」則是抒寫單位，以字形爲主，爲視覺傳訊之工具。「字」與「字」的重疊並不等於詞素的重疊，也不是詞彙學上所謂的重疊詞。

〔註 3〕以「重言」一詞爲例，《中國詩學・設計篇》說：「疊字又名重言，

要的困擾，筆者將不以「重言」、「反覆」等修辭格上已有的名號來作稱謂。同時，由於本文旨在瞭解李商隱對此一技巧的掌握情形，故乃就此類藝術技巧的基本共同特徵——「重複」，爲本章命名之根據，將其統稱爲「重複形式」。

一、重疊詞的運用

重疊詞是詩歌中十分普遍的美辭，也是一般詩人常用的藝術手法。李商隱也不例外，在所有的重複形式裡，以重疊詞的使用最爲頻繁，其中又可分爲兩種不同的結構類型：

（一）AAB 式重疊詞

1. 重疊詞出現於首聯者

（a）作謂語

重幃深下莫愁堂　臥後清宵<u>細細長</u>〈無題〉

臥後清宵【細細長】

主　　謂

狀　形

「細細」只是形容詞「長」的狀語，必須是「細細」和「長」所共同組合而成的「細細長」，才是一個完整具足的意義單位，也才能夠用來修飾主語「清宵」。這種 AAB 式的重疊詞，在一般的近體詩中絕少出現，就是在李商隱的七言律詩裏，也是僅此一次，可以說是詩人偶發的妙筆，並不具一般之共性。

是以兩個相同的字來摹擬物形或物聲，當單字不足以盡其態，則以重言疊字來表現」（頁191）。而上海辭書出版社的《語言學百科詞典》則說：「複辭，又稱重言。指字詞間隔重複或緊相連接而語法功能及意義不相等的。……疊字，也稱"雙字"。字詞連接重複而意義大體相等，但語感卻有增進。」（頁404）。二書對「重言」的認定即有所不相同。

（二）AA 式重疊詞

此一類型重疊詞使用比例最高，就其出現位置可分三類，而語法功能亦分三種：

1. 重疊詞出現於首聯者

（a）作謂語

伊水瀲瀲相背流　朱欄畫閣幾人遊〈十字水期韋潘侍御同年不至時韋寓居水次故敦邠寧宅〉

蘆葉梢梢夏景深　郵亭暫欲灑塵襟〈出關宿盤豆館對叢蘆有感〉

燕雁迢迢隔上林　高秋望斷正長吟〈寫意〉

羈緒鰥鰥夜景侵　高窗不掩見驚禽〈宿晉昌亭聞驚禽〉

湘波如淚色漻漻　楚厲迷魂逐恨遙〈楚宮〉

江南江北雪初消　漠漠輕黃惹嫩條〈柳〉

苦竹園南椒塢邊　微香冉冉淚涓涓〈野菊〉

對影聞聲已可憐　玉池荷葉正田田〈碧城三首〉

（b）作定語

籍籍征西萬戶侯　新緣貴婿起朱樓〈韓同年新居餞韓西迎家室戲贈〉

劉學鍇、余恕誠先生以此「籍籍」乃「紛亂貌，此形容聲名甚盛」，故而義山此處之「籍籍」，當是詩句中已遭詩人所簡省的名詞「聲名」之定語。

颯颯東風細雨來　芙蓉塘外有輕雷〈無題〉之一

2. 重疊詞出現於頸聯者

（a）作謂語

張蓋欲判江灩灩　迴頭更望柳絲絲〈曲池〉

暮雨自歸山峭峭　秋河不動夜厭厭〈水天閒話舊事〉

3. 重疊詞出現於尾聯者

（a）作謂語

誰料蘇卿老歸國　茂陵松柏雨蕭蕭〈茂陵〉

從上可知，義山對重疊詞的運用多集中在詩歌首聯，約佔總數的六分之五。由於近體詩在結構上多以詩歌的前面數行來描寫客觀的事物、時間和地點，〔註4〕而重疊詞又是以物爲描述之主體，正適於這種景物單純且無典故負擔的詩歌場景。正因如此，所以在李商隱的七言律詩中，多數的重疊詞會被詩人安排於全篇之首。此外就語法功能來看，義山對於重疊詞的運用，一般都作謂語使用，用作定語的情況十分有限，在上述 AA 式的十六個重疊詞裡，僅出現過二次。

二、量詞與副詞的重疊

（一）量詞的重疊

重疊詞是詩人藉著字與字重疊時所產生的特殊節奏，來增加詩歌的律動效果。雖然相同節奏的反覆詠沓，也有助於讀者對詞義產生認同，不過由於重疊詞是一個合義複詞，因而即便它的詞彙結構是由兩個相同的單音節語素彼此相加而成，但在理解的過程裏，也只能將它當作一個單一的意義單位，其意義成分並不因兩個詞素的相疊而有所增添。由此可見，「重疊」結構對重疊詞詞義所能產生的強調作用，還是十分有限。

至於另一種結構形式相近的重疊量詞，「重疊」卻能有效的強化詞義本身的內涵。由於量詞本身是一個「具有實在意義」的實詞，每一個詞彙的本身，就是一個義意完整的語言單位。因此，量詞的重疊可以說就是把兩個相同而完整的詞義單位加在一塊，除了能在形式上透過重覆而產生醒目的效果之外，同時它的詞義也會在這個反覆的過程裏，經由簡單的相加而累積、增生了自身的意義濃度。所以量詞的重疊雖未能具體的擴張詞彙意義，但卻能有效的強化意義本身的濃度

〔註4〕《論唐詩的語法、用字與意象》：「律詩的前幾聯主要在表現意象，其節奏是間歇性的。……詩的前幾行常寫客觀的事物、時間和地點，後來主觀的感受逐漸取代客觀的描敘。」（頁38）。

和張力。詩人將這種結構形式的詞彙運用在詩歌裏，除了能爲詩句中主題的個別成分一一進行補強之外，也能藉由每個單一的強化，來增加整體詞義概念的濃度。

　　雖然如此，一般的詩歌作品中可見的量詞數量仍然有限，這主要是由於量詞本身的數量概念帶有濃郁的理性色彩，相對的也就減弱了詩歌朦朧的美感特質。因此，在義山約一百二十首的七言律詩中，詩人運用量詞重疊的作品，也僅有五首。數量雖然不多，但使用頻率已較其他詩人爲高，其中更有出現在頷、頸二聯以求對仗者，故重疊量詞的使用，仍可視爲詩人的詞彙特色之一：

1. 重疊詞出現於頷聯者

（1）作主語

　　　　諸生箇箇王恭柳　從事人人庾杲蓮〈行至金牛驛寄興元渤海尚書〉

（2）作狀語

　　　　誰言瓊樹朝朝見　不及金蓮步步來〈南朝〉

此「朝朝」乃爲「每朝」亦即「每日」之意，而「朝」即爲「日」之意，故作量詞。

2. 量詞出現於頸聯者

（1）作狀語

　　　　青袍似草年年定　白髮如絲日日新〈春日寄懷〉

3. 量詞出現於尾聯者

（1）作狀語

　　　　人間桑海朝朝變　莫遣佳期更後期〈一片〉

「箇箇」、「人人」、「朝朝」、「步步」、「年年」、「日日」，四首中便用了六種不同的量詞，可見是詩人特意經營的結果。其中頷聯二首皆融合寫典，強烈的暗示著義山對典故背後的歷史意涵所作的價值評判。在語法功能上，七次裡有五次是用來限定、修飾動詞，故「狀語」可

以說是詩人對重疊量詞最常作的一種安排。

（二）副詞的重疊

　　副詞一般都無法重疊，而重疊形式的副詞則具有濃郁的口語色彩，因而詩人通常不取之入詩。在李商隱的七律作品中，也只見一首作品採用了副詞的重疊式：

　　　　浣花牋紙桃花色　好好題詩詠玉鉤〈送崔玨往西川〉

「好好」此是一種勸慰之詞，出現在全篇之末，用以總結詩人所以鋪寫前章各聯的目的，同時也呼應首句裏「年少因何有旅愁」一語。由於此詩是義山爲贈別而作，是首應酬籌祚的作品，不以感興抒情爲必然，所以較能容許這類口語語感濃厚的詩句出現，非詩人用詞之常式。

　　以上數種重疊類型，可以說是以「字」和「字」的相重，作爲共同的形貌特徵，學者常將其統稱爲「疊字」。自詩經以降，即是一般詩人常用的修辭手段。下面則將針對義山獨好而一般詩家少有的重複形式，來觀察詩人對各種不同重覆類型的掌握模式。

三、詞素與詞的重出

　　相對於前面的幾種重疊形式而言，玉谿生作品中最具特色的「重疊」類型，是一種藉由「詞素」或「詞」的間隔重出所構成的反複形式。由於近體詩講究格律對仗和句意的密度，除了傳統修辭學上所謂的「疊字」外，詩人總要避免使用相同的文字、語詞。有時詩人也會利用「重出」來變化詩歌節奏，但此種修辭手法有違詩歌中一向追求的精鍊原則，因此並不受詩家青睞，一般詩人仍以避免相同文字、詞義的重複爲正宗，只有在少數作家的作品裏，才可以見到這一類重疊形式的嘗試，而李商隱便是其中之一。無論就分量或形式的特殊性來說，都足以成爲吾人觀察義山七言律詩詞彙風格時的主要對象之一。

　　由於在義山所處的時代中尚無今日語言學上所謂的「字」、「詞」之別，因此詩人在創作的時候也往往混同不分，爲求歸納上的方便，

筆者擬以音節之多寡爲分類標準，將義山作品中這類修辭形式的運用分爲下列數種類型：

（一）單音節的重出

　　早在初盛唐間，即有詩人嘗試藉由單音節字或詞的重出，來爲詩歌添增顏色，〔註5〕然而此種修辭藝術卻始終僅爲少數詩人接受，直至中唐時期才漸有白居易等幾位詩人著力而爲。〔註6〕晚唐時，此一技法則更獨爲義山所好。在一百二十首詩裏，即有二十九首曾藉此法爲詩潤色，其比例約佔全部作品的四分一，使用頻率並不算低，何況詩人有時還特意排比羅列，以多層重複來經營詩歌輕滑的筆調，其中最明顯的例子便是〈贈司勳杜十三員外〉：〔註7〕

　　　　杜牧司勳字牧之　　清秋一首杜秋詩
　　　　～●　◎●　　　　　▲　～▲

　　　　前身應是梁江總　　名總還曾字總持
　　　　◇★　★　　　　　　★　◎★

　　　　心鐵已從干鏌利　　鬢絲休歎雪霜垂

〔註5〕此種技巧究竟出於何人，說法仍待細考，一般以爲約出於崔司勳之黃鶴樓一首。如金聖歎：「李商隱詩『杜牧司勳字牧之……』，二『牧』字，二『杜』字，『二秋』字，三『總』字，二『字』字，此亦龍池、黃鶴（樓）所濫觴，而今愈出奇無窮也。」又如管世銘曰：「……七言變體，始于崔司勳之黃鶴樓，太白深服之，故作鸚鵡洲詩，全仿其格。其後白樂天……李義山……韓致堯……，雖氣體不同，杼軸各出，要皆黃鶴樓作爲之濫觴也。」（見《李商隱詩歌集解》，頁881、883）。

〔註6〕趙謙《唐七律藝術史》：「我稱此法爲重言錯綜法，有見於單句、一聯或上下聯者。完全相同爲重言，如戎昱詩中的『長安』；部分重合者爲錯綜，「輕會、輕離」是也。……白居易視重言錯綜法爲七律音韻改革之大途，攫取前人創新的火花以致燎原。他的七律大量出現重言錯綜句法。」（頁168、169）此處，學者乃將運用這類技巧所寫成的詩句皆概稱爲「重言錯綜句法」。

〔註7〕此詩馮浩本作「杜牧司勳字牧之，清秋一首杜陵詩」但據劉學鍇、余恕誠先生之考証，當改「陵」爲「秋」。詳見《李商隱詩歌集解》，頁879、880。

漢江遠弔西江水　羊祜韋丹盡有碑〔註8〕

全篇共用「牧」、「秋」、「總」、「江」四種重字，若加上不規則位置上的「杜」、「字」兩者，則詩人在一首二十八字中使用重字的情況便已高達六種十四字之多，詩人刻意的程度由此可見一般。由於義山此詩主要是借杜牧之名以爲發揮，因此，詩中除了名詞短語「清秋」裡的中心詞「秋」之外，〔註9〕包括了一個單名「總」和兩個指稱名號的「字」在內，所有重出之字始終都圍繞在同類的事物身上打轉，加上其中三「江」、兩「杜」、兩「牧」、兩「總」和一「杜（杜秋娘）」都只能扮演單音節專有名詞裡的構詞詞素（換言之，被詩人反覆提起的對象，多數都無法凝聚完整的意義內容），使得詩歌本身的意義顯得單一且單薄，故而詩中大量出現的重字雖能增加詩歌節奏的順暢，但也減少了詩歌的傳訊空間，限制了詩歌的載義容量。歷來論者據以非議之處，便是根源於此。如趙臣瑗在《山滿樓箋注唐詩七言律》裡說：

> 不知何意，忽然就其名字弄出神通，遂尋一個不期而合之古人來作影子，四句中故意疊用二牧字、二秋字、三總字、二字字，……文人狡獪一至於此，以視沈龍池、崔黃鶴，眞可謂之愈出愈奇矣。

而李永正先生在《李商隱詩選》裡則說：

> 這種近於文字遊戲的寫法，偶一爲之則可，然亦不足爲訓。

事實上，正由於詩人這種多數只以專有名詞之構詞詞素來重出的手法，有異於近體詩歌講究密度、追求精鍊的原則，〔註10〕所以義山詩

〔註8〕《李商隱詩歌集解》，劉學鍇、余恕誠，頁884。引文中所謂「又故用疊字」的「疊字」即指義山詩中重覆出現的字而言，並非修辭學上由兩個字相互連串所形成的「疊字」修辭格。

〔註9〕「名詞短語是以名詞爲主體構成的作用相當於名詞的短語。名詞前邊的修飾語是定語，定語和中心詞的關係或者是修飾性的（如：高大的建築物、美麗的花園），或者是限制性的（如：我們的教師、公家的東西）。（詳見《新訂現代漢語語法》，甘玉龍、秦克霞編著，頁139）。

〔註10〕黃永武，《中國詩學‧設計篇》：「由於全詩在量的方面受到短小的限

歌中以詞素來作重覆字眼的詩，前後僅〈贈司勳杜十三員外〉、〈玉
山〉、〈柳〉、〈贈趙協律晢〉、〈井絡〉五首，而以〈贈司勳杜十三員外〉
此首最是密集，雖然比義山自己的其他重疊形式還少，卻已遠較其他
詩人爲多。以下將就義山作品裡此類單音重出的情形分類說明：

1. 單音節重出於首聯、頷聯、尾聯者

（1）以構詞詞素之形式出現者

> 杜牧司勳字牧之　清秋一首杜秋詩。
> 前身應是梁江總　名總還曾字總持。
> 心鐵已從干鏌利　鬢絲休歎雪霜垂。
> 漢江遠弔西江水　羊祜韋丹盡有碑。〈贈司勳杜十三員外〉

此詩多有單音節詞，如「杜牧」之「杜」、「牧」各爲「姓」、「名」；「清
秋」之「秋」爲季節；單名「總」等，然與其相對應的多屬詞素，故
納於此。

2. 單音節重出於首聯者

（1）以構詞詞素之形式出現者

> 玉山高與閬風齊　玉水清流不貯泥〈玉山〉
> 江南江北雪初消　漠漠輕黃惹嫩條〈柳〉
> 俱識孫公與謝公　二年歌哭處還同〈贈趙協律晢〉
> 井絡天彭一掌中　漫誇天設劍爲峰〈井絡〉

「天彭」是爲地名，爲專有名詞之構詞詞素，但其後面的「天」則是
單音節名詞作主語，二者結構並不相同，此從前者而歸屬於「專有名
詞」一類。

（2）以名詞短語之形式出現者

> 不揀花朝與雪朝　五年從事霍嫖姚〈梓州罷吟寄同舍〉
> 樓上春雲水底天　五雲章色破巴牋〈行至金牛驛寄興元渤

制，所以在質的方面受到短小的限制，所以在質的方面務必要求精
鍊與濃縮，使有限的句字中所含的詩意，非僅豐富而已，更求能達
到飽和點。以現代的術語來說，就是要求詩質密度的增大。」，頁77。

　　　　海尚書〉

「春雲」與「五雲」應屬不同的組織結構，前者為"名＋名"式，而後者為"數＋名"式，本不相同，為了整理上的便利，才以前者的結構為歸類之依據，並以反白字來表示分屬不同結構的兩個字。以下同類情況，皆從此例。

　　　　芳桂當年各一枝　　行**期**未分壓春**期**〈及第東歸次灞上卻寄同年〉

　　　　海外徒聞更九<u>州</u>　　他<u>生</u>未卜此<u>生</u>休〈馬嵬二首之一〉

（3）以單音節詞之形式出現者

　　（a）名　詞

　　　　錦瑟無端五十<u>絃</u>　　一<u>絃</u>一柱思華年〈錦瑟〉

　　（b）形容詞

　　　　相見時<u>難</u>別亦<u>難</u>　　東風無力百花殘〈無題〉

　　（c）動　詞

　　　　碧城十二曲闌干　　犀<u>辟</u>塵埃玉<u>辟</u>寒〈碧城三首〉之一

　　　　洞中屋響省分攜　　不是花<u>迷</u>客自<u>迷</u>〈飲席戲贈同舍〉

　　（d）數　詞

　　　　<u>二</u>月<u>二</u>日江上行　　東風日暖聞吹笙〈二月二日〉

　　　　錦瑟無端五十絃　　<u>一</u>絃<u>一</u>柱思華年〈錦瑟〉

　　（e）指示代詞

　　　　看山對酒<u>君</u>思<u>我</u>　　聽鼓離城<u>我</u>訪<u>君</u>〈子初郊墅〉

　　（f）介　詞

　　　　旋撲珠簾過粉牆　　輕<u>於</u>柳絮重<u>於</u>霜〈對雪二首〉之一

　　　　歷覽前賢國與家　　成<u>由</u>勤儉破<u>由</u>奢〈詠史〉

（4）以數量詞組之形式出現者

　　　　<u>一</u>夕南風<u>一</u>葉危　　荊門迴望夏雲時〈荊門西下〉

「一葉」是小船的單位，故亦為〝數詞＋量詞〞之結構。

3. 單音節重出於頷聯者

（1）以名詞短語之形式出現者

池光不定花光亂　日氣初涵露氣乾〈當句有對〉

（2）以單音節詞之形式出現者

（a）動　詞

縱使有花兼有月　可堪無酒又無人〈春日寄懷〉

4. 單音節重出於頸聯者

（1）以名詞短語之形式出現者

座中醉客延醒客　江上晴雲雜雨雲〈杜工部蜀中離席〉

5. 單音節重出於尾聯者

（1）以構詞詞素之形式出現者

京華庸蜀三千里　送到咸陽見夕陽〈赴職梓潼留別畏之員外同年〉

浣花牋紙桃花色　好好題詩詠玉鉤〈送崔珏往西川〉

（2）以名詞短語之形式出現者

人間桑海朝朝變　莫遣佳期更後期〈一片〉

三星自轉三山遠　紫府程遙碧落寬〈當句有對〉

（a）動　詞

豈知爲雨爲雲處　祇有高唐十二峰〈深宮〉

（b）副　詞

昭陽第一傾城客　不踏金蓮不肯來〈隋宮守歲〉

（c）介　詞

如線如絲正牽恨　王孫歸路一何遙〈柳〉

在詩人所有的七言作品裏，曾運用此種單音節反覆者，共計二十九首，是所有重複類型中使用頻率最高的。大體上來說，重疊形式對意義不完全的構詞詞素所能產生的強調效果較爲有限，如〈送崔珏往西川〉中的：「浣花牋紙桃花色」、〈玉山〉裡的：「玉山高與閬風齊、玉水清流不貯泥」等。但對於意義完整的「詞」，其強調效能也有虛詞與實詞之別。由於虛詞的詞義具有虛化的特質，因此受強調對象本身素質的限制，即使經過重複，仍然無法造就具體的詞彙意義。如〈對

雪二首〉之一裏：「輕於柳絮重於霜」、〈詠史〉裡：「成由勤儉破由奢」，介詞「於」、「由」的重出，便未能增加詩歌的意義成分。事實上這類重複所產生的作用，與上述所說之詞素的重出是十分相似的。至於實詞的重複，舉凡名詞、數詞、動詞、副詞、指示代詞以及形容詞等，〔註11〕都曾出現在義山七言律詩的重疊模式中。如〈杜工部蜀中離席〉裡名詞「客」、「雲」的雙雙複出，〈錦瑟〉中數詞「一」的重沓，〈春日寄懷〉裏「有」、「無」的重疊與相對，以及〈隋宮守歲〉中「不」、「不」的強烈否定等，都是義山刻意借由反覆來加重單音節實詞的詞彙意義。其中，強調效益最爲顯著的，當屬〈無題〉裡單音節形容詞「難」的重出：

　　　相見時難別亦難　　東風無力百花殘〈無題〉

兩個「難」字除了忠實的記錄著詩人的無奈與不捨，同時這兩個表示情緒的形容詞，本身的表情色彩已經十分濃烈，義山之重出，復又置於音節之末來加以突出，不但能有力的傳達出詩人內心深沈的苦悶，同時也能有效地架高讀者的情緒，是詩人強化詞義的成功之作。

　　在上述各種單音實詞的重出中，我們也可發現，不同的語句結構和修辭目的，重出後所產生的詞義強度也各不相同。在〈贈司勳杜十三員外〉、〈柳〉等作品裡，由於是以構詞詞素和虛詞所作的重出，詞義的內質的貧弱使得意義的強調作用十分有限，可以說音律節奏的營造才是詩人的主要目的。而在〈無題〉和〈隋宮守歲〉等作品中，詞義的強調則是詩人運用出的眞正動機。其他如〈行至金午驛寄興元渤海尚書〉、〈及第東歸次灞上卻寄同年〉等多數以名詞詞組之中心詞來作重出字眼的作品，雖然兼具修飾詞義與音響的雙重目的，但由於句

〔註11〕有關副詞究屬實詞或虛詞，爭議仍多，此從竺師家寧先生，將其劃歸爲實詞。事實上，如果單就〈隋宮守歲〉：「不踏金蓮不肯來」此詩之語義來看，兩個單音節否定詞「不」前後相隨，形成一種強烈的否定形式，其詞彙意義不但明顯且有實感，更何況此「不」字本即義山所加，原來典故中陳述了齊廢帝令潘妃踏行於金蓮之上，並未說明潘妃對此之態度，詩中連連稱「不」，只爲表示詩人對史事之評判。

法結構上乃與前面之定詞同屬一個單位，在解詩的過程中，往往都是並同前者一起進行，其詞義性格不如單音節之形容詞、數詞、副詞等獨立，故其重出之後雖也能增加詞義之分量，而其效果亦較詞素、虛詞之重出者爲佳，然終究不若單音實詞之重出來得有力，義山此八組重疊形態，當仍著眼於音律之塑造。由此，雖然實詞的重出能在反覆累積的情況下，有效的增加詞義本身的質量，但重出後的詞義仍有著強度上的輕重之別。大體而言，單音節實詞重出的效果要比名詞短語之中心詞的重出來得明顯。

（二）雙音節的重出

雙音節的重出，實際上多指雙音節合義複詞的重複形式。這種藝術手法的運用，在李商隱的七律作品裏共見三次，而三次都集中出現於詩人的〈無題〉系列裏：

1. 雙音節重出於首聯者

昨夜星辰昨夜風　畫樓西畔桂堂東〈無題〉之一

義山此處借由兩個「昨夜」的反覆，使得原不具情感色彩的中性詞彙在特定的語境和形式的搭配下，[註12] 充滿了詩人對已逝時光的留戀與感傷，而詩人心中深刻的遺憾，也正從這代表過去時間的名詞「昨夜」裡流露出來。

2. 雙音節重出於尾聯者

春心莫共花爭發　一寸相思一寸灰〈無題〉之一

「一寸」和「一寸」間，所對連的是無形的「相思」與有形的「灰」，

〔註12〕楊嵐先生在〈試論詞的表情色彩與理性意義的關係〉中說：「詞的詞彙意義一般分爲理性意義和色彩意義。在詞的色彩意義中，表情色彩（也稱感情色彩）意義是一個重要組成部分。……表情色彩是在比較中存在的，……通常把表情色彩分爲褒義、貶義、中性等，這是根據意義的性質劃分的，而從表情色彩形成的基礎和它與理性意義的關係性質的角度，我們把表情色彩分爲兩種：固定性表情色彩和臨時性表情色彩。」義山此處的「昨日」一詞，正充滿了臨時的感傷色彩。（見《語文研究》，1989 年第 1 期，頁 34）。

藉由相同的兩個數量詞組「一寸」，詩人把分屬於不同語義場圈的兩個詞彙搭比在一塊，[註13] 換言之，義山把全然相關的兩個事物借著「一寸」的重出，而使其產生了形象上的類比和重疊。

　　劉郎已恨<u>蓬山</u>遠　　更隔<u>蓬山</u>一萬重〈無題〉之一

兩個「蓬山」遠隔在一聯的上下兩句之中，加以其後之「遠」及「一萬重」意義上的相疊，使得原已渺遠的「蓬山」，更趨遙遠。義山在此利用重出與上、下詩聯的形式來巧妙的勾勒出「蓬山」的遙遠難期。

　　上面是兩個雙音節複合名詞和一個數量詞組所組成的雙音節的重出形式，這類重複技法不但是義山用來塑造音樂節奏的重要手段，同時詩人也能透過詞彙的重複，來提高詞彙自身所含蘊的意義濃度。由於這類詞彙在反覆時，彼此間相隔較遠，音樂的渲染效果自然不如重疊詞來得直接、強烈，反而更易引起讀者對詞彙本身的注意，加強讀者對詞義的瞭解。這樣的疊沓，可以說是詩人借著反覆的傾訴，來排遣內在濃烈情感的重要手段。此種內外相應的藝術形式，正可說明這一類型的重複，何以會時常出現在抒情感傷色彩濃郁的〈無題〉詩作裡。

四、本章小結

　　重複形式是玉谿生七言作品裡常用的藝術技法，詩人在運用的過程中，因著相當程度的內在要求，而顯現出一定的形式規律。除了第二節裏少數量詞的重疊式外，詩人偏好將其他兩種不同類型的重複形式安置在詩篇首聯。若將兩者的使用情況再進一步的比較、分析，則又不難發現，詩人雖然習慣就首、尾二聯來發揮這兩種技巧，但不同的重疊類型，它的藝術功能便會不同。由於近體詩多以寫景起始，故

〔註13〕「語義場（Semantic Field）也叫『語義場圈』。任何一組詞彙如果含有相同的語義成分，便構成『語義場』。最常見的例子是親屬關係的用語，因為這些詞語都含有〔有生〕（＋Animate）、〔屬人〕（＋Human）和〔親屬〕（＋relative）三個語義成分。」（見《語言學辭典》，陳新雄、竺家寧等編著，頁313）。

常見詩人在詩歌的首章中，運用善於寫景狀物的重疊詞。而在第三段裡，詩人對「單音節的重出」一類，則是以音律之滑暢為主要追求；至於雙音節重出的部分，詩人的運用目的主要在「律詩之主意，往往於首尾二聯點明」〔註14〕，以抒情為宗的義山，濃烈的情思便是詩人創作時的主體，因此詩人在首尾兩聯裡，經由不斷反覆的訴說來抒發內心濃郁的情緒，把內在的稠密化作外表可見的形式。由此可見，儘管這兩種重複形式外表的分佈狀況一樣，但內在的成因卻不相同，其藝術感染力也不相同。

〔註14〕詳見《李商隱詩歌集解》，頁 1435～1436。作者在〈錦瑟〉一詩的按語中提出，〈錦瑟〉詩乃「自傷身世之說，較為切實合理。」因為「律詩之驚句，雖多見於頷腹二聯，而其主意，則往往於首尾二聯點明。」

第五章　數詞的運用

　　上述三章所討論的部分，主要是義山在修辭的過程中所形成的遣詞規律。本章則欲針對詩人不具美感特質的用詞習慣來作觀察，其中最明顯的特點反應在詩人對於數詞的使用上。由於近體詩的創寫必須顧及平仄，因此在詩語的選擇上難免會受到限制。而數詞的平仄由一到十，只有「三」是平聲，三位數以上的「百」、「千」、「萬」裡，也只有「千」是平聲。簡言之，近體詩裡能夠使用的平聲數詞只有「三」和「千」兩個而已。這種情形多少會影響數詞在唐詩裡的活躍程度。〔註1〕再加上數詞在語感和實際的運用裡多與理性的數字概念相連。〔註2〕因此當一般詩人在營造詩境和裁剪內容的時候，對於數詞的選用便會多一層顧慮，相對的也減低了它出現的頻率。然而在義山一百二十首七言律詩中，卻有八十一首曾經使用數詞，約佔全數作品的三分之二，且其中部分作品還是一首頻用數次，這正可說明了數詞的使用，確實足以成為義山辭彙的又一特色。

〔註1〕關於近體詩平仄的限制與數詞聲調間的關係，請參閱日本學者松浦友久在其專著《唐詩語彙意象論》中〈烽火連三月──關於數詞的聲調〉一文，中華書局（北京），頁140～151。

〔註2〕至於數詞的虛應，如：「百家姓」、「三分醉意」「千鈞一髮」中的數詞，都只是一種誇飾，並非確指「百」、「三」、「千」和「一」等數目的真正概念，這類數詞應用的情況並不在此限。

關於數詞的分類及其名稱，各家說法不一，〔註3〕為避免命名上所造成的困擾，因而有必要先為以下各分類標準提出說明。首先，關於「虛數」：「虛數不表示實在數量的數詞。帶有誇張性質，不能按字面意思去理解。」、「不一定表示實在數量的數詞，如：『三言兩語』、『萬水千山』，及『將軍百戰死，壯士十年歸』（木蘭辭）句裡面的數詞。」，〔註4〕可見「虛數」並不用以實指事物之數量，而是語言使用者借以稱述和虛誇數詞後所接名詞之數量的極多（大）或極少（小），因此這些數字並不具有確實的數字概念，只是用來表達數量的「極多」、「極少」之概念。與「虛數」同樣具有「不確指」特性而易引起混淆的是「概數」：「『概數』：是指不精確的數字，也稱約數。」、「『概數詞』：數詞的一種。表示不確定的數目，如"來"、"多"、"好幾"等。……如"二十來個"、"三百多本"……"好幾個"、"好幾百"。」，〔註5〕則「概數」雖亦不表明確之數目，但實際上卻涵有具體的數量概念在內，只是因為語言使用者本身無法確知數量的多寡，才會以估計之數目來作稱代，而它同虛數最大的分別，便在於數

〔註3〕 如張世祿先生曾為各種數詞分類道：「數詞包括基數詞、概數詞和序數詞三類。……當"一、二、三……百、千、萬"等數字表示事物的確定的數量時，這些數字叫做定數，又稱基數。當這些數字表示大致確定的數量，與實際數量相去不遠時，它們又叫做概數，或稱約數。當這些數字表示極多或極少，與字面反應的數量相去甚遠時，它們又叫做虛數。」（見張世祿主編之《古代漢語》·上冊，頁221、278）。《中國語言學大辭典》數詞的定義則是：「數詞：表示數目的詞。包括基數詞和序數詞。如：一、九、千、半、零"等。……一說認為數詞包括系數詞、位數詞和概數詞。基數詞：數詞的一種。表示數目多少。表括系數和位數。系數詞如"零、一、二、三、四、五、六、七、八、九、十、兩"等。位數詞如十，"百、千、萬、億"等。"十"是系數詞兼位數詞，可以說"十萬"，又可以說"二十"。（見江西教育出版社之《中國語言學大辭典》，頁340）。

〔註4〕 見《中國語言學大辭典》頁341、及《語言學辭典》，陳新雄、竺家寧等編著，頁255。

〔註5〕 參見《古代漢語教程》，洪成玉主編，北京中華書局，頁389、《中國語言學大辭典》，頁341。

詞値量之有無上。換言之，虛數之用，主要在於誇張數量，是以修飾
爲目的，量之多寡並非詞彙使用者所欲傳達的主體；而概數則不然，
概數使用之目的仍爲傳達事物之數量，只是受限於瞭解之不足，故僅
以其大約之數來作說明。除了虛數、概數之外，本文所使用的數詞名
稱還有「基數詞」和「序數詞」：「表示事物數量的（數詞）稱作『基
數詞』，如：『一』、『二』、『十』、『百』、『千』、『萬』等；表示事物次
序的（數詞）稱爲『序數詞』，如『第一』、『第二』等。」、「『基數詞』：
數詞的一種。表示數目多少。……『序數詞』：數詞的一種。表示次
序先后的數目。」，〔註6〕由上可知，基數詞是用以明確的表示事物之
確定數量，如：一、二、……百、千等；〔註7〕而序數則是用以表示
事物之先後次序的數詞，如第一、初三……等。

　　以下即分類以示義山對數詞的使用模式。由於詩人在七律中所使
用的數詞也有集中出現於特定詩聯的情形，故乃先就其出現位置區分
成首、頷、頸、尾四部來作觀察：

一、數詞在首聯中的運用狀況

1.【一般性詞語】

（a）虛數詞

<u>萬里</u>重陰非舊圃　<u>一年</u>生意屬流塵〈回中牡丹爲雨所敗二
首〉

<u>萬里</u>風波<u>一</u>葉舟　憶歸初罷更夷猶〈無題〉

〔註6〕《語言學辭典》，陳新雄、竺家寧等編著，頁92。《中國語言學大辭
　　　典》，頁340。
〔註7〕在李商隱的七言律詩中，「基數詞」裡的數詞「一」除了用作確指的
　　　數目外，有時更具有「全部」、「整體」的涵義，雖也用指事物之數
　　　量，但詞彙的主要目的還是在強調事物的整體，具有「整個～都～」
　　　的語義成分，如〈重過聖女祠〉：「一春夢雨常飄瓦，盡日靈風不滿
　　　旗」的「一春」；〈題僧壁〉：「若信貝多眞實話，三生同聽一樓鐘」
　　　裡的「一樓」皆是。在此類用法裡，基數詞「一」的數量概念實已
　　　虛化，反更近於表示範圍的副詞，故不納入數詞之觀察範圍。

萬里誰能訪十洲　新亭雲構壓中流〈奉同諸公題河中任中
丞新創河亭四韻之作〉

西師萬眾幾時迴　哀痛天書近已裁〈漢南書事〉

淪謫千年別帝宸　至今猶識蕊珠人〈贈華陽宋眞人兼寄清
都劉先生〉

悵望人間萬事違　私書幽夢約忘機〈贈從兄閬之〉

籍籍征西萬戶侯　新緣貴婿起朱樓〈韓同年新居餞韓西迎
家室戲贈〉

何事荊臺百萬家　惟教宋玉擅才華〈宋玉〉

迢遞高城百尺樓　綠楊枝外盡汀洲〈安定城樓〉

潼關地接古宏農　萬里高飛雁與鴻〈奉和太原公送前楊秀
才戴兼招楊正字戎〉

人高詩苦滯夷門　萬里梁王有舊園〈汴上送李郢之蘇州〉

一年幾變枯榮事　百尺方資柱石功〈題小松〉

露如微霰下前池　風過迴塘萬竹悲〈七月二十九日崇讓宅
讌作〉

相見時難別亦難　東風無力百花殘〈無題〉之一

碧城十二曲闌干　犀辟塵埃玉辟寒〈碧城三首〉之一

江淹詩〈西洲曲〉:「闌干十二曲,垂手明如玉。」而注家亦以此「十
二」不必定指城。因視爲虛數。

外戚平羌第一功　生年二十有重封〈少年〉

此詩旨在刺諷當時勳戚之子弟,「二十」一詞乃言其少小年輕,故爲
虛指。

海外徒聞更九州　他生未卜此生休〈馬嵬二首〉之一

「九州」乃指「天下」而言,以「九州」泛稱天下,實爲誇言天子勢
力範圍之廣,是虛數一類,而此處之「九州」亦指「天下」而言,故
亦置於虛數詞中。

（b）基數詞

二丈紅薔擁翠筠　羅窗不識繞街塵〈題二首後重有戲贈任
秀才〉

一年幾變枯榮事　百尺方資柱石功〈題小松〉
一夕南風一葉危　荊門迴望夏雲時〈荊門西下〉
萬里風波一葉舟　憶歸初罷更夷猶〈無題〉
井絡天彭一掌中　漫誇天設劍爲峰〈井絡〉
錦瑟無端五十絃　一絃一柱思華年〈錦瑟〉
芳桂當年各一枝　行期未分壓春期〈及第東歸次灞上卻寄
同年〉
峭壁橫空限一隅　劃開元氣建洪樞〈題劍閣詩〉
萬里重陰非舊圃　一年生意屬流塵〈回中牡丹爲雨所敗二
首〉
俱識孫公與謝公　二年歌哭處還同〈贈趙協律晳〉
不揀花朝與雪朝　五年從事霍嫖姚〈梓州罷吟寄同舍〉
白石蓮花誰所供　六時長捧佛前燈〈題白石蓮華寄楚公〉

此因佛教分一晝夜爲六時：晨朝、日中、日沒、初夜、中夜、後夜。
則「六時」乃當時生活裡事物的名稱，具實指作用，因作基數用法來
看。

杜牧司勳字牧之　清秋一首杜陵詩〈贈司勳杜十三員外〉
浪跡江湖白髮新　浮雲一片是吾身〈贈鄭讜處士〉
東望高樓曾不同　西來雙燕信休通〈和友人戲贈二首〉之
一
世間榮落重逡巡　我獨邱園坐四春〈春日寄懷〉

（c）序數詞

由於古漢語表示年月日的序數，習慣上前面並不加上詞頭“第”
字，[註8] 因此在李商隱的七律中，也可見許多序數的用法並不加上
詞頭“第”字。

七夕來時先有期　洞房簾箔至今垂〈碧城三首〉之一
二月二日江上行　東風日暖聞吹笙〈二月二日〉
來是空言去絕蹤　月斜樓上五更鐘〈無題〉之一
外戚平羌第一功　生年二十有重封〈少年〉

〔註8〕見王政白《文言實詞知識》頁96。

2. 【典故性詞語】

（a）虛數詞

一片非煙隔九枝　蓬巒仙仗儼雲旗〈一片〉

朱鶴齡：「《漢武內傳》：『七月七日，王母至，帝掃除宮內，燃九光之燈。』王筠〈燈檠〉詩：『百花燃九枝。』」由其詩句可知，「九光」應是極言其燈光之燦爛，故乃將「九」歸於虛數用法之內。

上帝深宮閉九閽　巫咸不下問銜冤〈哭劉蕡〉

「九閽」乃「九天之門」，猶言「九關」，劉禹錫〈楚望賦〉有：「高莫高兮九閽」之語，即言其遠。詩人此則借喻帝王宮門之難企，仍爲虛用。

（b）基數詞

二十中郎未足稀　驪駒先自有光輝〈令狐八拾遺見招送裴
十四歸華州〉

此用晉書荀羨之典，《晉中興書》中載其年「時二十」，故義山此「二十」乃是基數用法。

七國三邊未到憂　十三身襲富平侯〈富平少侯〉

「十三」一語，馮浩疑其影用《家語》：「周成王年十有三而嗣立」，因而置於基數詞一類。

十二層城閬苑西　平時避暑拂虹霓〈九成宮〉

朱鶴齡注：「按《十洲記》、《水經注》俱言崑崙天墉城有金臺五所，玉樓十二；《漢書》・〈郊祀志〉亦言五城十二樓。」因以「十二」爲實指數量之基數詞。

星使追還不自由　雙童捧上綠瓊輧〈和韓錄事送宮人入道〉
此「雙童」是指「玉童」、「玉女」而言。

五色玻璃白晝寒　當年佛腳印旃檀〈詠三學山〉

馮浩：「《魏書》：『大月氏國人商販京師，能鑄石爲五色琉璃。乃美於西方來者。』……《玄中記》則云大泰國有五色頗黎。」因二書所記皆取五色，因而視作基數詞。

萬里誰能訪十洲　新亭雲構壓中流〈奉同諸公題河中任中

丞新創河亭四韻之作〉

陸崑曾曰：「按《十洲記》：『四方巨海之中，有祖、瀛洲十處。』」。
　　蓬島煙霞閬苑鐘　三官箋奏附金龍〈鄭州獻從叔舍人褒〉

朱鶴齡注：「《眞誥》：『有上聖之德命終受三官書爲地下主者，一千年
乃轉三官之五帝。』……注：《消魔經》云：『岱宗又有左火官、右水
官及女官，亦名三官，並主考罰。』」故此「三」乃實指數量而言。
　　樓上春雲水底天　五雲章色破巴牋〈行至金牛驛寄興興元
　　渤海尚書〉

道源注：「《唐書》：『韋陟使侍妾掌五采箋，裁答授意，陟惟署名，自
謂所書陟字若五朵雲。』杜甫詩：『巴牋染翰光。』」由此，「五」亦是
實稱數目。

二、數詞在頷聯中的運用狀況

1. 【一般性詞語】

（a）虛數詞
　桂樹一枝當白日　芸香三代繼清風〈奉和太原公送前楊秀
　才戴兼招楊正字戎〉
　夜掩牙旗千帳雪　朝飛羽騎一河冰〈贈別前蔚州契苾使君〉
　一條雪浪吼巫峽　千里火雲燒益州〈送崔玨往西川〉
　一名我漫居先甲　千騎君翻在上頭〈韓同年新居餞韓西迎
　家室戲贈〉

（b）基數詞
　一條雪浪吼巫峽　千里火雲燒益州〈送崔玨往西川〉〉
　桂樹一枝當白日　芸香三代繼清風〈奉和太原公送前楊秀
　才戴兼招楊正字戎〉
　二八月輪蟾影破　十三絃柱雁行斜〈昨日〉
　夜掩牙旗千帳雪　朝飛羽騎一河冰〈贈別前蔚州契苾使君〉

此「一河冰」因與「千帳雪」相對，則知詩人造語之目的乃在取數字
以相爲對，故當作一般之基數詞看。
　萬絲織出三衣妙　貝葉經傳一偈難〈詠三學山〉

馮注：「《大方等陀羅尼經》：『佛告阿難，衣有三種：一出家衣……二俗服，……第三服者，具於俗服，將至道場，常用坐起。其名如是。修諸淨行，具於三衣。』」此如上之「六時」，皆是詩人以佛語入詩，在以佛事爲題的情況下，應是素材的運，而非詩人取典，故不看作用典之詩句。

（c）序數詞

<u>一</u>名我漫居先甲　千騎君翻在上頭〈韓同年新居餞韓西迎家室戲贈〉

「一名」指「第一」，是序數。

<u>二八</u>月輪蟾影破　十三絃柱雁行斜〈昨日〉

「二八」爲月中十六日，夜月始缺之際。

十年泉下無消息　<u>九日</u>樽前有所思〈九日〉

「九日」指九九重陽而言，亦爲序數。

（d）概數詞

<u>十年</u>泉下無消息　九日樽前有所思〈九日〉

此爲弔令狐楚而作，其卒於開成二年（八三七年），距義山作詩已有十二、三年。則「十年」是一個概數。

身無綵鳳雙飛翼　心有靈犀<u>一點</u>通〈無題〉之一

「一點」雖然不多，但義山用意即在強調只要是有靈犀，即使是十分微少，也能心意相通。因此當以「概數」視之。

2.【典故性詞語】

（a）虛數詞

<u>九</u>枝燈下朝金殿　三素雲中侍玉樓〈和韓錄事送宮人人入道〉

引典參見頁94，〈一片〉一詩所引。

（b）基數詞

無質易迷<u>三</u>里霧　不寒長著<u>五</u>銖衣〈聖女祠〉

馮注：「《後漢書》：『張楷，字公超，居弘農山中，學者隨之成市，後華陰山南遂有公超市。性好道術，能作五里霧。時關西人裴優亦能爲

三里霧。」典故中有「五里」與「三里」之相較，應爲實指。而「五銖衣」馮注曰：「《博異志》：『貞觀中，岑文本於山亭避暑，有叩門云：上清童子元寶參。衣淺青衣。文本問冠帔之異，曰：僕外服圓而心方正，此是上清五銖衣。又曰：天衣六銖，尤細者五銖也……。』《阿含經》：『忉利天衣重六銖。』」則「五」亦實指數目而言，故作基數詞看。

　　仙人掌冷三霄露　玉女窗虛五夜風〈和友人戲贈二首〉之一

道源注：「三霄，神霄、玉霄、太霄也。」、朱鶴齡注：「衛宏《漢舊儀》：「中黃門持五夜。五夜者，甲夜、乙夜、丙夜、丁夜、戊夜。」則「三」、「五」亦是實指。

　　九枝燈下朝金殿　三素雲中侍玉樓〈和韓錄事送宮人入道〉

朱鶴齡注：「《眞誥》：『眞人行則扶華晨蓋，乘三素之雲。』《藝苑雌黃》：『修眞八道秘言：立春日清朝北望，有紫、綠、白雲，爲三元君三素飛雲也。』而馮注：「《黃庭經》：『紫煙上下三素雲。』注曰：『三素者，紫素、白素、黃素也，此三元妙氣。』由此可見，「三」爲基數詞。

　　珠樹重行憐翡翠　玉樓雙舞羨鵾雞〈飲席戲贈同舍〉

程夢星注：「公孫乘〈月賦〉：『雞舞於蘭渚。』謝惠連〈雪賦〉：「對庭之雙舞。」此「雙」應取兩者成對之意，當作實數來看。

　　雲隨夏后雙龍尾　風逐周王八馬蹄〈九成宮〉

朱鶴齡：「謂穆王八駿。」、馮注：「《穆天子傳》：『天子之駿，赤驥、盜驪、白義、踰輪、山子、渠黃、華騮、綠耳。天子主車，造父爲御。』」。

三、數詞在頸聯中的運用狀況

1.【一般性詞語】

　　（a）虛數詞

　　　萬里憶歸元亮井　三年從事亞夫營〈二月二日〉
　　　梯航百貨通邦計　鍵閉諸蠻屏帝都〈題劍閣詩〉

　　　珠容<u>百</u>斛龍休睡　桐拂<u>千</u>尋鳳要棲〈玉山〉
　　　風朝露夜陰晴裏　<u>萬</u>戶<u>千</u>門開閉時〈流鶯〉
　　（b）基數詞
　　　<u>萬</u>里憶歸元亮井　<u>三</u>年從事亞夫營〈二月二日〉
　　　此日<u>六</u>軍同駐馬　當時七夕笑牽牛〈馬嵬二首〉之一
「六軍」乃當時軍中之編制，是爲基數詞。

　　（c）序　　數
　　　此日六軍同駐馬　當時<u>七</u>夕笑牽牛〈馬嵬二首〉之一

2.【典故性詞語】
　　（a）虛數詞
　　　<u>六</u>曲屏風江雨急　<u>九</u>枝燈檠夜珠圓〈行至金牛驛寄興元渤
　　海尚書〉

姚培謙引古詩：「山屏六曲郎歸夜。」此「六曲」當是虛稱其豐多之意，且相對之「九枝」亦是虛指，故暫收於虛數一類之中。

　　（b）基數詞
　　　仙舟尚惜乖<u>雙</u>美　綵服何由得盡同〈奉和太原公送前楊秀
　　才戴兼招楊正字戎〉

朱鶴齡：「《後漢書》：『李膺與郭泰同舟而濟，眾賓望之，以爲神仙。」則「雙美」指李、郭二人。

四、數詞在尾聯中的運用狀況

1.【一般性詞語】
　　（a）虛數詞
　　　<u>萬</u>里相逢歡復泣　鳳巢西隔九重門〈贈劉司户蕡〉
　　　<u>千</u>年管鑰誰鎔範　只自先天造化爐〈題劍閣詩〉
　　　龍山<u>萬</u>里無多遠　留待行人二月歸〈對雪二首〉之一
　　　欲逐風波<u>千萬</u>里　未知何路到龍津〈春日寄懷〉
　　　陛下好生<u>千萬</u>壽　玉樓長御白雲杯〈漢南書事〉
　　　京華庸蜀<u>三千</u>里　送到咸陽見夕陽〈赴職梓潼留別畏之員

　　外同年〉

　　獨留巧思傳<u>千古</u>　長與蒲津作勝遊〈奉同諸公題河中任中
　　丞新創河亭四韻之作〉

　　玉璫緘札何由達　<u>萬里</u>雲羅一雁飛〈春雨〉

　　愁霖腹疾俱難遣　<u>萬里</u>西風夜正長〈王十二兄與畏之員外
　　相訪見招小飲時予以悼亡日近不去因寄〉

　　如何<u>四紀</u>爲天子　不及盧家有莫愁〈馬嵬二首之一〉

「四紀」乃是虛稱，以言明皇之久爲天子矣。

　　若信貝多眞實話　<u>三</u>生同聽一樓鐘〈題僧壁〉

「三」是常見的虛數，詩人此亦指時間之長久。與下之「八十」具爲
誇飾。

　　更無鸚鵡因緣塔　<u>八十</u>山僧試說看〈詠三學山〉

　　（b）基數詞

　　<u>三年</u>已制思鄉淚　更入新年恐不禁〈寫意〉

　　賒取松醪<u>一斗</u>酒　與君相伴灑煩襟〈復至裴明府所居〉

　　清聲不遠行人去　<u>一</u>世荒城伴夜砧〈出關宿盤豆館對叢蘆
　　有感〉

　　若是曉珠明又定　<u>一生</u>長對水精盤〈碧城三首〉之一

　　猿啼鶴怨終年事　未抵勳爐<u>一夕</u>間〈和友人戲贈二首〉之
　　一

　　獨想道衡詩思苦　離家恨得<u>二年</u>中〈人日即事〉

　　玉璫緘札何由達　萬里雲羅<u>一雁</u>飛〈春雨〉

　　春心莫共花爭發　<u>一寸</u>相思<u>一寸</u>灰〈無題〉之一

　　唱盡陽關無限疊　<u>半杯</u>松葉凍頗黎〈飲席戲贈同舍〉

　　（c）序數詞

　　青陵粉蝶休離恨　長定相逢<u>二月</u>中〈蜂〉

　　龍山萬里無多遠　留待行人<u>二月</u>歸〈對雪二首〉之一

2.【典故性詞語】

　　（a）虛數詞

　　劉郎已恨蓬山遠　更隔蓬山<u>一萬</u>重〈無題〉之一

萬里相逢歡復泣　鳳巢西隔九重門〈贈劉司户蕡〉

朱鶴齡注：「《帝王世紀》：『黃帝時，鳳凰止帝東園，或巢於阿閣。』〈九辨〉：「君之門兮九重。」故知「九重」乃誇稱遙遠隔絕之意。

（b）基數詞

三星自轉三山遠　紫府程遙碧落寬〈當句有對〉

朱鶴齡注：「《詩》：『三星在天。』注：『心星也，昏見東方。』三神山，在海上。」、馮注：「《詩傳》曰：『三星，參也；在天，始見東方也。』三星在天，可以嫁娶矣。」故「三星」之「三」是否實指似難確定，但「三山」則是基數用法，兩者乃句中自對形式，因此暫將「三星」歸屬整數用法。

維摩一室雖多病　要舞天花作道場〈酬崔八早梅有贈兼見
示之作〉

馮浩引《維摩經》：「長者維摩詰其以方便現身有疾，因身疾廣爲說法。佛告文殊師利：『汝詣維摩詰問疾。』時維摩詰室有一天女，見諸天人聞所說法，便現其身，即以天華散諸菩薩大弟子上，華至諸菩薩，即皆墮落；至大弟子，便著不墮。結習未盡，華著身耳；結習盡者，華不著也。」則此「一室」實出有典，同時「一室」當是義山用以指「維摩詰」，故爲基數詞。

莫驚五勝埋香骨　地下傷春亦白頭〈與同年李定言曲水閒
話戲作〉

馮注：「《史記》・〈秦始皇本紀〉：『推終始五德之傳，周得火德。秦代周，從所不勝，以爲水德之始。」《漢書》・〈律曆志〉：『秦兼天下，亦頗推五勝。自以爲獲水德。』」。

偏稱含香五字客　從茲得地始芳榮〈和馬郎中移白菊見示〉

朱鶴齡：「郭頒《魏晉世語》：『司馬景王命中書郎（令）虞松作表，再呈，不可意，令松更定之，經時竭思，不能改。中書郎鍾會取草視，爲定五字，松悅服，以呈景王，王曰：不當爾耶！誰所定也？松曰鍾會也。王曰：如此可大用。』」「五」字故爲實指。

寄問釵頭雙白燕　每朝珠館幾時歸〈聖女祠〉

此出《洞冥記》。參頁 26，〈聖女祠〉所引。

　　但使故鄉三戶在　綵絲誰惜懼長蛟〈楚宮〉

程夢星：「《項羽傳》：『項羽使蒲將軍夜引兵度三戶。』」、韋昭注：「三戶，楚三大姓昭、屈、景也。」。

　　可憐庾信尋荒徑　猶得三朝託後車〈宋玉〉

朱鶴齡引《北史》：「信先事梁簡文帝，後奔江陵，元帝除御史中丞；聘西魏，遂留長安，累遷儀同三司；周孝閔帝踐阼，遷驃騎大將軍。」三朝，謂梁、魏、周也。

　　宓妃愁坐芝田館　用盡陳王八斗才〈可歎〉

謝靈運嘗曰：「天下才有一石，曹子建獨占八斗，我得一斗，天下共分一斗。」義山用謝氏此語。

　　山下祗今黃絹字　淚痕猶墮六州兒〈過故府中武威公交城舊莊感事〉

朱鶴齡注：「用墮淚碑事。」《舊書地理志》：「忠武軍管許、陳、蔡三州，河陽軍管孟、懷、魏三州。」故曰「六州」。

　　豈知爲雨爲雲處　只有高唐十二峰〈深宮〉

姚培謙：「《天中記》：『巫山十二峰，曰望霞、翠屏、朝雲、松巒、集仙、聚鶴、淨壇、上昇、起雲、飛鳳、登龍、聖泉。』」。

　　南朝禁臠無人近　瘦盡瓊枝詠四愁〈韓同年新居餞韓西迎家室戲贈〉

張衡「四愁詩」共分四章，其作整數用。

　　誰人爲報故交道　莫惜鯉魚時一雙〈水齋〉

馮注引〈古詩〉：「客從遠方來，遺我雙鯉魚。呼兒烹鯉魚，中有尺素書。」

　　（c）序數詞

　　昭陽第一傾城客　不踏金蓮不肯來〈隋宮守歲〉

此用齊廢帝典，見《南史》：「齊廢帝東昏侯鑿金爲蓮花以帖地，令潘妃行其上，曰：『此步步生蓮花也。』」。

　　上述所列部分可作表整理如下：

	首　聯			頷　聯				頸　聯			尾　聯			計
	虛	基	序	虛	基	序	概	虛	基	序	虛	基	序	
一般	17	16	4	4	5	3	2	4	2	1	12	9	2	81
典故	2	8		1	5				1	1	2	12	1	33
分計	19	24	4	5	10	3	2	5	3	1	14	21	3	
總計	47			20				9			38			114

五、本章小結

由上表及所羅列之資料可以觀察到下面幾點現象：

1. 就數詞之出現位置來看，李商隱七律作品中，數詞的用法以出現在首聯及尾聯的情形最多，而以頸聯的使用最顯貧乏，其使用數量依序如下，首聯：四七次、尾聯：三八次、頷聯：二十次、頸聯：九次。

2. 義山數詞主要用於一般詞語之中，其中以作虛數及基數的用法最為普遍：虛數出現了三十七次，而基數則是三十二次，而二者更同時集中出現於首、尾兩聯之中。另外，各聯中二者出現的數量比例相當平均。

3. 序數共出現十一次，除一次作典故詞語外，其餘皆為一般性用語。

4. 義山典故性詞語中以基數的使用最多，共計二十六次，多集中於首、尾兩聯，其中又以尾聯比例最高。比較值得注意的是，典故裡所使用的虛數除了尾聯中的〈無題〉是用「一萬」一詞外，其餘虛詞皆是用「九」：「一片非煙隔九枝」〈一片〉、「上帝深宮閉九閽」〈哭劉蕡〉、「九枝燈檠夜珠圓」〈行至金牛驛寄興元渤海尚書〉、「九枝燈下朝金殿」〈和韓錄事送宮人

入道〉、「鳳巢西隔九重門」〈贈劉司戶蕡〉等，共五個。

5. 義山在「一般性詞語」使用數詞的方式呈現出兩種明顯的用詞傾向：（1）在虛數方面，義山亦以近體詩中常見的數詞「萬」、「千」、「百」等固定的幾個為多，若將其歸為一類，則在義山三十七次一般性詩句所使用的虛數裡，便有二十七首虛數採用此種詩歌中較為常見的誇飾性虛詞，「萬」出現十八次，「千」有十一次，而「百」則是六次。只是詩人使用的方式顯然是要活潑了許多，除了單用之外，詩句中也出現了「百萬家」〈宋玉〉、「千萬里」〈春日寄懷〉、「千萬壽」〈漢南書事〉和「三千里」〈赴職梓潼留別畏之員外同年〉等四個堆疊虛數以成詞句的用法。另外，這些虛數多數是用於詩人泛誇距離之遙遠，因此常見這類虛數與量詞「里」之合用，其中又以「萬」最多，十八次裡便有十三次是與長度單位「里」合用，顯示義山在誇稱距離時，有融「萬」、「里」以造語詞的習慣。（2）在基數的用法上，詩人是以「一」為主體，三十一首作品中，便有二十一首使用了數詞「一」。其他數詞如：「五十」、「十三」、「十二」、「五」、「四」、「雙」、「兩」、「半」等各見一次；「二」、「三」、「六」則是兩次。這些現象說明了詩人嘗試在一般性詩句中擴大數詞的使用對象，而不願拘於「萬」、「千」、「百」、「一」等幾個較為常見的數詞。

6. 相較於「一般性詩句」的用數情形，詩人在「典故性詩句」中對於數詞的運用顯然要更為開放。除了第 4 點裡已經提過的虛數用法以「九」為主之外，由「一」到「十」的數詞都曾為詩人所用，依序如下：「一」四次、「三」九次、「四」一次、「五」六次、「六」二次、「七」一次、「八」二次、（「九」只作虛數用，共五次）、「十」一次，「雙」六次，至於十以上者：「十二」二次、「十三」一次、「二十」一次。在這些詩裡，不但數詞的種類繁多，更重要的是，這些數詞是詩人用來寫明典故的重要

指標之一。由於典故的融鑄是借著短短數字，來傳達一個為人熟知的固定概念。此外，「一個典故的自身，即是一個小小的完整世界：詩中的典故，乃是在少數幾個字的後面，隱藏了一個小小世界；其像徵作用之大，製造氣氛之容易與豐富，是不難想見的。」〔註9〕因此該如何利用短短的七個字，來完整的說明一個概念或一個世界，是詩人在構詞時必須費心斟酌的地方。除了人名等專有名詞之外，數詞也能有效的突顯出典故的特質，有時不但能清楚的說明典故的內涵、強調詩的題旨，同時還能指明詩人所欲影射的範圍，數詞的標示功能由此可見一般。也因為如此，喜於用典的義山，才會常以數詞來指明詩中的典故，進而擴大了他七律作品中數詞的用類範圍、豐富了數詞的多樣面貌，成了詩人運用數詞時的一大特色。至於典故中的數詞多數只集中於首、尾兩聯的情況，實與詩人喜以典故造意有著內在的相關。如前第四章曾說，律詩主意，常在首尾二聯」，而典故又具有豐富濃縮的意義內質，正是喜好用典的義山最佳的表現場所，如是之故，伴隨著典故而來的數詞，自然也會增加了許多。同時，由於近體詩在結構上常是以前面數行來進行時、地的說明，〔註10〕因而以距離為描寫對象的「萬」字，便會常見於詩歌之首，而出現在義山七律尾聯的「萬里」，則具有詩人濃厚的慨嘆特質，並非單指距離遙遠，強烈的感傷意味是詩人將「萬里」置於詩聯之尾以為詩歌主意的重要因素。

　　以上六點乃是筆者根據李商隱七律作品中數詞的用法所作的觀察結果，下面則將舉唐代詩人白居易七律詩中，有關數詞的使用情形來與義山相互對照。由於白居易與李商隱乃為同時代詩人，而其對數詞的運用又廣受詩家稱述，若能兩相參照，當能藉由比較來進一步顯

〔註9〕徐復觀，《中國文學論集》（台灣學生書局，台北，1974年10月，再版）頁128。

〔註10〕見《論唐詩的語法、用字與意象》梅祖麟、高友工，頁38。

現出義山運用數詞之特質。趙謙先生在《唐七律藝術史》中說道：

> 白居易七律中數量詞的廣泛運用，對形成其七律坦易曉暢
> 的風格起了很大的作用。這些數量詞的出現，在七律中有
> 一定的規律和程式。在四聯詩中，以中間兩聯最多。……
> 他爲了創造俗而曉暢的詩風，在中間兩聯大量引進數量
> 詞，疏淡了全詩構架，……此等情形慣穿於他七律創作的
> 始終。所不同的是，白居易到了晚年，將第二聯喜用數量
> 詞的興趣轉移到第三聯上。」〔註11〕

書中並引詩人之作品以證之，如：

唯看老子<u>五千</u>字　不蹋長安<u>十二</u>衢〈村居寄張殷衡〉
<u>二三</u>月裡饒春睡　<u>七八</u>年來不早朝〈喜楊六侍御同宿〉
共把<u>十千</u>沽<u>一</u>斗　相看<u>七十</u>次<u>三</u>年〈與夢得沽酒閒飲且約
後期〉
兩川風景同<u>三</u>月　<u>千里</u>江山屬<u>一</u>家〈同夢得暮春寄賀東西
川二楊尚書〉
綠浪東西南北水　紅欄<u>三百九十</u>橋〈正月三日閒行〉
漏月冷波<u>千頃</u>練　苞霜新林<u>萬林</u>金〈宿湖中〉
風月<u>萬家</u>泝<u>兩</u>岸　笙歌<u>一</u>曲郡西樓〈城上夜宴〉

在學者的研究裏，清楚的說明了數量詞組是白居易借以營造通俗明暢詩風的重要工具。〔註12〕由於白居易一向主張平白易曉，而數量詞便是人所共知的日常詞語，詩人以之入詩，不但能淡化詩歌濃稠的文士色彩，還能帶給讀者熟悉的輕鬆之感。從上面所引述的詩例可以看到，詩人企圖借由數詞的繁複堆疊來製造詩歌的平易質感，一聯之中，數詞的運用從二到六個都有，而以三、四個爲多，這種緊重密疊的方式，即非一般詩歌中所有，不但是詩人特意修辭的成果，更可說是白居易用詞風格的具體呈現。爲求對照，下再列舉義山頷、頸二聯各四例以相比較：

〔註11〕趙謙，《唐七律藝術史》頁 164～165。
〔註12〕由於數量詞組即是從數詞與量詞共同連組而成，因此並不影響數詞的觀察，此處只是沿用學者之用語。

　　萬絲織出<u>三</u>衣妙　貝葉經傳<u>一</u>偈難〈詠三學山〉
　　雲隨夏后<u>雙</u>龍尾　風逐周王<u>八</u>馬蹄〈九成宮〉
　　珠樹重行憐翡翠　玉樓<u>雙</u>舞羨鵁鶄〈飲席戲贈同舍〉
　　<u>萬</u>里誰能訪<u>十</u>洲　新亭雲構壓中流〈奉同諸公題河中任中
　　丞新創河亭四韻之作〉
　　獨留巧思傳<u>千</u>古　長與蒲津作勝遊〈奉同諸公題河中任中
　　丞新創河亭四韻之作〉
　　<u>萬</u>里憶歸元亮井　<u>三</u>年從事亞夫營〈二月二日〉
　　<u>六</u>曲屏風江雨急　<u>九</u>枝燈檠夜珠圓〈行至金牛驛寄興元渤
　　海尚書〉
　　梯航<u>百</u>貨通邦計　鍵閉諸蠻屏帝都〈題劍閣詩〉

較之白氏的密重堆砌，義山在頷、頸二兩的用數方式，顯然不以突顯
數詞本身為經營重點。除了「萬」、「百」、「一」等一般常見的用法之
外，多數時候詩人是以數詞來寫典故。因此義山對數詞的使用動機和
運用方式，都影響著二者用數時所呈現出來的個人言語風格之表現。
白居易蓄意積纍的數詞，有著詩人的修辭目的和顯著的強調效果；李
商隱則有寫典之用意但不作修飾之工具。所以在義山的詩歌作品中，
雖然隨處可見數詞的行跡，卻因為散落各處而喪失了突顯的力道。此
外，豐富的典故意涵也沖淡了數詞突兀的理性色彩，相對之下，詩人
的數詞形象較之白氏要顯得單薄許多。

　　數詞是義山七律作品中常見的詞彙，在詩人的作品中具有一定的
分量，但由於義山數詞的使用並不以堆砌來強調，故難有顯目的效
果，無法引起論者注目，基於此，筆者特以本章來觀察義山使用數詞
之情形。

第六章　詞彙之特殊運用

　　以上各章是詩人以七律詩體來傳達內在情思時，所呈現出來的特定形式規律，除此之外，在研究李商隱七言律詩詞彙風格的過程裏，我們也發現到，詩人在選詞用字時，有時還會把一般的合義複詞或熟語分解、離析至原先的構詞詞素，〔註1〕其後再將各個詞素重新組合、運用並裝點成句。義山詩中對於這類「析詞」〔註2〕的運用雖然不豐，但由於一般詩文本不常用，近體詩中亦屬罕見，卻在詩人前後百首作品裏數度出現，其中更以帶有詞義解釋色彩的「釋詞」最爲少有，〔註3〕因乃特設本章以探究詩人這一特殊的用詞方

〔註1〕熟語指的是包括成語、諺語、格言等現成而固定的詞組或句子，使用時，一般是不可以任意改變它的結構的；而複合詞又稱合義複詞、合成詞，是由兩個或兩個以上的詞根所組成的一個詞，中間不可再添增其他語法成分。《語言學辭典》，陳新雄、竺家寧等，頁196、266。

〔註2〕江西教育出版社，《中國語言學大辭典》：「析詞，也叫『拆詞』。修詞方式之一。臨時把多音詞或成語拆開來用。」（頁431。）中國青年出版社，成傳鈞、唐仲揚、向宏業主編的《修辭通鑑》：「詞語拆用即爲了表達的需要，臨時把一個詞語拆開使用或變換結構的一種詞語運用方式，也稱『拆詞』或『析詞』。……修辭學上的『拆詞』不常使用，可見到的有『合成詞拆用』、『成語拆用』、『慣用語拆用』、『諺語拆用』，還有『音譯外來詞拆用』等。」（頁119～120。）

〔註3〕「釋詞，也叫『釋語』。修詞方式之一。依照語言材料與特定情景的適應性，對詞語進行形象化的解釋。可分爲：（1）……（3）以化合成詞的語素爲詞來解釋發揮，相當於『析詞』。」（《中國語言學大辭

式。此章原擬分作三組討論，但由於前兩組討論的對象都是合義複詞，第三組才是詞組形態的熟語，為了段落劃分的方便，因而僅分為一、二兩段，再從第一段裏區分出兩個單元，不過行文時仍偶而會以第一、第二或第三組來作稱呼。

一、合義複詞的分裂與融合

在合義複詞的分裂與融合這個單元裏，又可細分成兩個部分來說：一個是詩人在分裂詞彙之後，便在它的組織結構間嵌進其他的語言成份，雖然破壞了詞彙的內在結構，但還是可以輕易地看出改動前的詞彙面目；另一個則是詩人在區割詞彙之後，不僅增改詞素形貌，更進而編造成句，令人驟然間難以尋繹出詩人所用的詞彙原貌。以下不妨先就前一部分來觀察詩人之用字特色。

（一）結構的分割與詞素的填嵌

從分裂後的詞素間填嵌其他語言成分的作法，在李商隱的七言律詩中就曾出現過四次：

> 鳳尾香羅薄幾重　碧文圓頂夜深縫〈無題〉

「鳳尾香羅」一詞即是義山變化複合詞「鳳尾羅」而來的。因為在馮浩的引注裡說到：

> 「陳帆曰：鳳尾羅，鳳文羅也。」
>
> 「黃庭經序：盟以金簡鳳文之羅四十尺。」
>
> 「白帖：鳳文、蟬翼，並羅名。」

由此，「鳳尾羅」當是一合義複詞。李商隱是在「鳳尾」和「羅」之間插入一個「香」字，改變了整個詞彙的結構，使能合乎七言詩行的形式要求。由於近體詩有特定的字數限制，在不影響詩句主意的前提下，利用增字來擴充原有詞句的長度，也是一種整齊詩歌形式的簡易修飾法，尤其是七言詩體，比起五言格式來，自然具有較大的彈性空

典》，江西教育出版社，頁 431。）

間，因此增字的情形也就十分普遍。但本章所要討論的主題並不在義
山的增字手段，而是以一般詩人較爲少有的遣詞手法—「嵌字」。此
不稱「增字」而稱「嵌字」，主要是由於義山這一用詞方式，是在詞
彙組織已經十分固定的合義複詞或熟語之間，再插入其他的語言成
分，改變了原來特定的組織形態，但讀者在解讀的過程裏，卻仍須透
過對原詞義的認識，才能眞正體味出詩人的創作意旨；而「增字」則
是詩人在詩句的基本主意之外，再添增其他的詞彙，或擴大原來的詞
組，或加入獨立的構句單位。不但是變動的對象不同，變動的語法單
位也不相同，爲了進一步的區分二者，故將以「嵌字」的角度來看待
所有這類破壞詞彙、詞組特定結構的使詞手法。以下擬用詩人另一作
品來比較、說明「增字」與「嵌字」間的差異：

　　蘇小小墳今在否　紫蘭香徑與招魂〈汴上送李郢之蘇州〉

「紫蘭香徑」與「鳳尾香羅」在外表的形貌上有著難以分辨的特徵，
二者都是由定語「香」來作爲後面名詞單位的修飾語，組成了偏正
結構的名詞詞組。不過這種相似性只能針對已經融合完成的詩歌辭
句而言，若是把修飾語「香」抽離出來，再將詩句還原成「紫蘭徑」
與「鳳尾羅」，則我們不難發現，前者原即爲一偏正結構的名詞詞組，
而後者卻是偏正式合義複詞。〔註４〕因此定語「香」的加入，就前
者而言，是在本有的限定單位外，又添增另一個修飾單位，結果只
是擴張了原來詩句的長度，並未改變詞組本身的結構；對於後者來
說，義山將「香」字塡嵌在結構緊密的複合詞間，不僅是破壞了詞
彙原來的組織形態，同時組織的方式也違反自然語言裏正常的構詞
模式。詩人這種彈性運用詞彙結構的手段，就是本節所要探討的主
題。以下是詩人七律裏的其他用例：

　　莫驚五勝埋香骨　地下傷春亦白頭〈與同年李定言曲水閒

〔註４〕偏正式合義複詞又稱主從式合義複詞，大陸學者如胡裕樹則稱之爲
　　　附加式合義複詞，此處爲求對照之便，故取「偏正式合義複詞」之
　　　名。（胡裕樹主編，《現代漢語》（增訂本），頁251。）

話戲作〉

《後漢書》‧〈度尚傳〉有：

　　「埋骨牢檻終不虛出」

而唐之白居易則有詩句：

　　「龍門原上土，埋骨不埋名。」

此外，詩人在另一首七律〈和韓錄事送宮人入道〉中也曾提及「埋骨」一詞：

　　當時若愛韓公子　埋骨成灰恨未休

這些都可說明「埋香骨」乃詩人變化「埋骨」一詞而來的。

　　紫雲新苑移花處　不取霜栽近御筵〈野菊〉

《文苑英華》注：

　　「一作『微』，悟抄作『園』，非。」

馮浩注：

　　「一作『微』。」

　　「按：舊、新書志：開元元年，改中書省曰紫微省，令曰
　　紫微令，後復舊，故舍人皆稱紫微。此作『紫微』似更明
　　切。作『紫雲』取霄路神仙之義，亦合。」

二句意指：

　　「在宮中新建的紫雲苑裏，移來了許多花木，但卻沒有取
　　這傲霜的菊花，使它能靠近御筵。」。〔註5〕

因知「紫雲」實亦「紫微」，二者皆為宮苑之名，詩人雖然變換它的名號，但兩者仍都是處所專名，所以「新」字的插入，對名詞「紫雲苑」的結構來說，仍是一種破壞性的造詞方式。

　　「鳳尾香羅」、「紫雲新苑」等，都是複合詞中只嵌進單一修飾語，除此之外，詩人還有添加一個以上修飾單位的作法。先就增嵌兩個詞義成分的情形來看：

　　江魚朔雁長相憶　秦樹嵩雲自不知〈及第東歸次灞上卻寄
　　同年〉

〔註5〕見陳永正，《李商隱詩選》，頁55。

「江魚朔雁」一語當是詩人鋪陳聯合式複詞「魚雁」而成的。「魚雁」一詞典出《古樂府》•〈飲馬長城窟行〉：

> 「呼兒烹鯉魚，中有尺素書。」

以及《漢書》•〈蘇武傳〉：

> 「教使者謂單于，言天子射上林中，得雁，足有繫帛書。」

〔註6〕

兩漢後複合詞之數量即已大增，成為主要的造詞方式，其中「聯合式」和「偏正式」更是最主要的構詞方式，隋唐宋時期乃至以後皆是如此。〔註7〕故此，我們有理由相信「魚雁」在當時已是一個定型的複合詞了，何況古之文士行文言談之間，總好以用事逞能，所以漢後唐前間，「魚雁」這個具有來歷背景的詞彙，會被人創造、定型並為語言所吸收是十分可能的，最少也能確定它的成詞年代是在宋朝之前：

> 宋•戴復古〈祖姁題二句於壁續成一律詩〉裏有：
>> 「尹昔天邊望槁砧，天邊魚雁幾浮沉。」

元•宋無〈次友人春別詩〉：

> 「波流雲散碧天空，魚雁沈沈信不通。」

元•程鉅夫〈寄閣子靜唐靜卿〉詩：

> 「江湖政共丹心老，魚雁全如綠髮鬢疏。」

自宋朝開始，「魚」、「雁」合併作「書札」解的用法顯然已經十分固定，因而詞彙成型的時間自當早於宋代。除就詞彙發展的情況來推斷「江魚朔雁」一語是詩人敷演「魚雁」一詞而成的外，我們還可就詩句本身所指之義來分析判斷。

陸崑曾《李義山詩解》曰：

> 「言嗣後縱彼此相憶，正恐消息難知，有天各一方之感耳。」

〔註6〕 資料引自《語詞辭海》，（夏征農主編，上海辭書出版社，台灣東華發行，台北，1991 年 4 月初版，頁 1838）書中並言：「後因合稱書信為『魚雁』。」

〔註7〕 見史存直，《漢語詞彙史綱要》•第四章〈構詞法的發展〉。

屈復《玉谿生詩意》：

「魚雁可通，亦不知雲樹相隔之苦。」

在各家之注釋裏，「江魚朔雁」實作「書信」解，指書信往返、互通消息而言，否則「江魚」、「朔雁」這兩個孤立而並列的名詞詞組，如何能與後面的謂語「長相憶」，共同產生合理而有意義的語義關係？

與「江魚朔雁」相近的嵌字模式，還有「繡檀迴枕」一語：

綵樹轉燈珠錯落　<u>繡檀迴枕</u>玉雕鎪〈富平少侯〉

關於「繡檀迴枕」一語，馮浩注引徐陵之詩和〈魏都賦〉說：

「帶杉行障口，覓釧枕檀邊。」

「木無雕鎪。」

近代學者則將其解作：

「用檀香木料細細雕鎪，作成迴環中空的枕頭，像玉雕般精美。」。〔註8〕

「『繡檀迴枕』，疑指周迴刻鎪精工之檀木枕，『玉雕鎪』，形容檀枕刻鎪精細光潔如同玉雕。」。〔註9〕

可見「繡檀迴枕」應指雕鎪精美的檀枕而言，「繡」與「迴」乃是詩人在離析「檀枕」之後，各自安插在兩個構詞語素間的修飾性單位。這樣不但瓦解了「檀枕」一詞的偏正結構，還形成了一個類似由「繡檀」和「迴枕」兩個詞組所形成的更大的聯合式詞組結構。另外，由於「繡檀迴枕玉雕鎪」一語乃見於詩歌之頷聯，因此我們還可利用與其相對的詩句，來作這一鑄語模式的旁證。對於「綵樹轉燈珠錯落」，朱鶴齡《李義山詩集箋注》引《開元遺事》：

「韓國夫人上元夜然百枝燈樹，高八十餘尺，豎之高山，百里皆見。」

程夢星《李義山詩集箋注》則引《朝野僉載》：

「睿宗先天二年作燈輪，高二十丈，衣以錦繡，飾以金銀，燃五萬盞，望之如花樹。」

〔註8〕陳永正，《李商隱詩選》，頁53。

〔註9〕劉學鍇、余恕誠，《李商隱詩歌集解》，頁3。

從上，「綵樹轉燈」當指「周圍環繞燈燭之華麗燈柱」。〔註10〕因之，不管是「燈樹」還是「燈輪」，「綵樹轉燈」所描寫的都只是單一的事物，其造詞之方式正同「繡檀迴枕」一致，所不同的是「燈樹」並非定型詞彙，故不屬於本章的研究範圍。

（二）詞素的變造與結構的轉化

就詞彙運用的目的來看，義山擴充上述諸語的主要動機皆爲求取詩歌外在格式的統一，但是詩人有時並非純粹只求延展詩句長度才添字，而是希望借由詮釋詞義來表達個人看法、傳遞內在情思，此時詩人不單只會在詞彙接合處插入其他的語義成分，且要利用解構之後的詞素來變造新詞，進而重組各個新詞以爲詩句，將詞彙結構轉成了句子結構。

　　何須琥珀方爲枕　　豈得眞珠始是車〈詠史〉

　　馮注引《後漢書》〈王符傳注〉言：

　　　　「廣雅曰：琥珀，珠也。生地中，初如桃膠，凝堅乃成，
　　　　其方人以爲枕。出罽賓及大秦國。」

　　朱鶴齡注引《西京雜記》和《宋書》：

　　　　「趙飛燕爲皇后，其女弟在昭陽殿，上襚二十五條，中有
　　　　琥珀枕、龜文枕。」

　　　　「武帝時寧州嘗獻琥珀枕，光色甚麗，價盈百金。」

而《南史》〈宋武帝紀〉：

　　　　「寧州獻虎魄枕，光色甚麗。時將北伐，以虎魄療金瘡，
　　　　命碎分賜諸將。」

從各個典故來看，「琥珀枕」一詞都作專有名詞用，是由「琥珀」和「枕」兩個詞素所構成的偏正式合義複詞。雖然是構詞詞素，但在自然的語言習慣裏，「琥珀」和「枕」也是兩個意義完整的單純詞，〔註11〕詩人

〔註10〕同〔註9〕

〔註11〕單純詞是指由一個語素（詞根）單獨構成的詞，是根據意義單位的多寡爲劃分標準。因此，它既可能是一個單音節詞，也可以是一個多音節所構成的詞。（參見胡裕樹，《現代漢語》（增訂本），頁247、

正是利用這種特質，把專有名詞的兩個詞素分作主詞和賓詞來運用，而架構出另一個新的句子來。這種一方面將詞彙裏的詞素當作獨立的構句單位來使用，一方面卻又讓讀者在解詩的過程裏，必須先透過對原詞彙的重整才能清楚詩人意旨的造語方式，就詞彙運用的角度而言，自是別具特色。至於「眞珠車」一語，由馮浩注引《史記》·〈田敬仲完世家〉：「威王與魏王會田於郊，魏王曰：『若寡人國小也，尚有徑寸珠照車前各十二乘者十枚。』」來看，「眞珠車」乃是義山爲描述典故所編之詞，而非當時可知之專有名詞，故不列爲本文之觀察對象。

除了「琥珀枕」外，義山七律裏還有另一個利用典故裏的專名來變造詩句的例子：

> 碧城十二曲闌干　　犀辟塵埃玉辟寒〈碧城三首〉

唐·劉恂所撰之《嶺表錄異》中載道：

> 「辟塵犀爲婦人簪梳，塵不著髮。」

馮注引《述異記》：

> 「卻塵犀，海獸也。然其角辟塵，致之於座，塵埃不入。」

「卻塵犀」即「辟塵犀」，也是一個偏正結構的專有名詞，但詞彙的內在結構和「琥珀枕」不同。「辟塵」本身即是一個動賓詞組，用來修飾、限制後面的單音詞「犀」。至於「犀辟塵埃」一語，則是詩人在解析兩個詞素、顛倒它的前後位置、並把單音節賓語「塵」擴充爲複合詞「塵埃」後，所形成的一個主、動、賓都很完整的句子。不過，雖然說是句子，但語義上卻不甚合理，因爲「犀」所具有的「辟塵」特性只能專就典故裏所稱的「辟塵犀」而言，並不是指它的一般共性。因此在理解的過程裏，「辟塵犀」這個專名必然會伴隨著典故而出現於讀者的意識之中。

上面是義山就專有名詞所作的拆解與融鑄，由於兩個專有名詞的背後，各自牽繫著不同的神化故事，透過典故與詞彙的關係，讀者才能將離散後的名詞重新尋獲並加以整理和理解，也才能確切明白詩人

248。）

之用意。但除了倚借典故裏的詞彙之外，詩人也會利用一般生活上的語彙來變造詩句：

> 何處拂胸資蝶粉　幾時塗額藉蜂黃〈酬崔八早梅有贈兼見示之作〉

關於「塗額藉蜂黃」一語，姚培謙《李義山詩集箋注》引梁簡文帝〈戲贈麗人〉詩：

> 「同安鬢裏撥，異作額間黃。」

馮浩則在其引注中說：

> 「按：《野客叢書》引《草堂詩餘注》：『蝀粉蜂黃，唐人宮妝也。』且引此聯以證之。然粉面額黃，豈始唐時哉？」

不論「額黃」始自何時，它都是指婦女在額前塗上黃色紋飾的一種化妝方式，至於它的稱謂，則應當在唐代時就已經確立了。唐朝詩人皮日休就曾在〈白蓮詩〉裏提到：

> 「半垂金粉知何似，靜婉臨溪照額黃。」

其實義山除了在〈酬崔八早梅有贈兼見示之作〉一詩裏，曾經提起這個名詞外，在他的〈蝶〉詩中，也曾利用相同的事物來鍊造詩句，只是這一次詩人是直接使用了「額黃」這個詞彙：

> 「壽陽公主嫁時妝，八字宮眉捧額黃。」

由此更可說明「塗額藉蜂黃」一語，是詩人分裂名詞「額黃」後所添造而成的詩句。

> 柳眉空吐效顰葉　榆莢還飛買笑錢〈和人題真娘墓〉

義山此語乃是揉合「柳眉」及「柳葉」雙詞而來，其中「柳葉」一詞裏的兩個詞素「柳」與「葉」，則是被詩人拆隔在句子的首尾兩處。事實上，以柳葉之形狀來譬況眉形的用法，乃是歷代詩文中屢見的美詞，以「柳眉」一詞為例，蜀後主王衍在其〈甘州曲〉裏就曾用過這個詞彙：

> 「柳眉桃臉不勝春。」

而程夢星在《李義山詩集箋注》裏解證義山此語時，引用初唐詩人駱賓王的詩句，詩中也是把柳葉與眉對舉：

「愁眉柳葉顰」

在這裏，詩人也是利用「柳眉」和「柳葉」兩個詞彙間的比況特質來架構詩句，不但解析詞的詞素成分，同時還合併兩個詞彙中相同的詞素「柳」，形成「柳眉」與「柳葉」二詞重疊相映的獨特詩句。爲了說明這種十分特殊的用詞手法並非是義山無心偶得的結果，因此再舉李商隱《無題》系列裏的另一個例子以供吾人參證：

腰細不勝舞　眉長惟是愁〈無題〉

馮浩引《後漢書五行志》《梁冀傳》與《古今注》說：

「桓帝元嘉中，京都婦女作愁眉，細而曲折。」

「妻孫壽善爲愁眉。」

「梁冀改驚翠眉爲愁眉。『驚』，他書或作『鴛』。」

從馮浩的引注可以知道，學者本身即是以「愁眉」來詮釋此語，而資料裏同時也傳達了「愁眉」當爲合義複詞的訊息。至於另一個和「愁眉」相關併疊的詞彙則是「長眉」。其實「長眉」一詞本即義山常用的語彙之一，以詩人〈無題〉的其他作品來說，可見的用法就有「長眉畫了繡簾開」、「長眉已能畫」等語，而在後一句裡，馮浩又引《古今注》說：

「魏宮人好畫長眉。」

由此可知，古以長眉爲美，至唐仍有此風，而「長眉」在當時也已是個複合詞彙。義山「眉長惟是愁」一語，不但析用兩詞彙之詞素，顛倒其在原詞彙結構裡的位置，也併合了兩者的共同詞素「眉」，並將其中的一個詞彙所分割出來的兩個詞素，佈置在詩句的前後兩端。這樣的運詞模式與上述一例十分雷同，爲能更清楚地突顯出兩者的相似特質，試作下圖以爲對照：

〔【柳】眉〕空吐效顰葉

◎━━━━━━━━━▶◎

〔【眉】長〕惟是愁

◎◀━━━━━━━━━◎

上圖裏，【　】裏的是遭詩人合併的相同詞素（「柳眉」、「柳葉」之「柳」；「長眉」、「愁眉」之「眉」），{　}所包的是兩組詞彙（柳眉、柳葉；長眉、愁眉）中的其中一個在詩句裏的位置，至於另一個結構已經分散的詞彙，則用◎來分別點出，並以→及←來說明重組詞彙時的聯繫方向。從上面我們可以看到，除了「眉長惟是愁」一語是詩人倒用詞素來構句，因此箭頭的方向不同之外，其餘無論是析解後詞素位置的編排，還是造語時它的結構方式，兩者都無太多差異，故知詩人實有特意融詞鑄句的用意。

　　以上這種解詞造語的手法，在李商隱的其他作品中仍是時有所見，如：《靈仙閣晚眺寄鄆州韋評事》裏有「愚公方住谷」一語，就是變化專有名詞「愚公谷」而來；〔註12〕《深樹見一顆櫻桃尚在》的：「矮墮綠雲鬟」也是由「矮墮鬟」來的；〔註13〕而詩人在他的〈無題〉系列裏，還有個從名詞「錦書」所衍成的詩句：「錦長書鄭重」；〔註14〕數量可說是三組裏最多的。

〔註12〕 馮浩引《說苑》：「齊桓公出獵，入山谷之中，問一老公曰：『是爲何谷？』……故名此谷爲愚公谷。」朱鶴齡引《寰宇記》：「愚公谷在臨淄縣西二十五里。」（《李商隱歌集解》，頁461。）故知「愚公谷」是一專有名詞，義山乃將其拆成「愚公」與「谷」兩個詞，再以之造句。

〔註13〕 朱鶴齡引：「《古今注》：『墮馬鬐，今無復作者。倭墮鬐，一云墮馬之餘形也。』《古樂府》：『頭上倭墮鬐。』，馮浩引《廣韻》：『矮，烏蟹切，……倭，烏果切。』按：『矮』與『倭』，或可通用。」則「矮墮鬐」是爲合義複詞，是義山將「綠雲」鑲入其中。（《李商隱詩歌集解》，頁624。）

〔註14〕 馮浩引注說：「舊注引蘇若蘭織錦事……又王勃〈七夕賦〉：『上元錦書傳寶字。』……此則謂閨人書札耳。」知「錦長書鄭重」是改寫「錦書」的結構，並添入「鄭重」一詞。原應爲「長錦書」或「錦書長」；「長」是合義複詞「錦書」的修飾成分，現則嵌進兩者之間，同時更以拆離後的詞素「書」作主詞而另起新句。如此，則「錦長」與「書鄭重」二者在語意上方能產生連結。（《李商隱詩歌集解》，頁1444。）

二、熟語的拆解與融鑄

　　好用故實雖然是李商隱詩歌裏的主要特徵，但詩人在熟語的拆解與融鑄上卻未特別發達。這是因爲許多時候，詩人所用的詞語雖然也有來歷出處，不過詞語的本身並非壓縮後已成特定用法的短句或詞組，換言之，詩人並未使用熟語。此外，詩文裏的用典，往往也以意在言外的暗典爲佳，對於人人詳熟的熟語，用的比例自然不高。緣於此，用典頻繁的義山對於熟語的融鑄並沒有想中的豐富，以七言律詩來說，可見的例子只有三個。下面就先從三個裏最爲短小的例子談起：

　　　　<u>新蒲似筆思投日</u>　芳草如茵憶吐時〈過故府中武威公交城舊莊感事〉

　　朱鶴齡引《後漢書》〈班超傳〉：

　　　　「超家貧，常爲官傭書以供養。久勞苦，嘗報業投筆嘆曰：『大丈夫無他志略，猶當效傅介子、張騫立功異域，以取封侯，安能久事筆研（硯）間乎！』」

自《後漢書》後，「投筆」似已成專名，以唐代而言，當時詩人就常用「投筆」以稱此典：

　　劉希夷〈從軍行〉：

　　　　「平生懷仗劍，慷慨即投筆。」

　　魏徵〈述懷〉詩：

　　　　「中原初逐鹿，投筆事戎軒。」

　　祖詠〈望薊門〉：

　　　　「少小雖非投筆吏，論功還欲請長纓」

這些詩句中，「投筆」雖仍具有動賓詞組的語法功能，但它本身所含有的專指色彩，卻也讓它成爲一個具有特定意涵而又結構固定的詞彙，正因如此，所以義山「新蒲似筆思投日」一語，才可能在「投筆」被拆成動詞「投」與名詞「筆」來分用後，讀者還能清楚地意識到詩人用典的意圖。

　　詩人另一個使用熟語的例子出現在他的〈茂陵〉一詩中：

　　　玉桃偷得憐方朔　　金屋修成貯阿嬌〈茂陵〉

對於「金屋修成貯阿嬌」一語，朱鶴齡引《藝文類聚》十六裡的〈漢
武故事〉說：

　　　「初武帝為太子時，長公主欲以女配帝，時帝尚小。長公
　　　主指女問帝曰：欲得阿嬌好不？帝曰：若得阿嬌，以金屋
　　　貯之。主大喜，乃以配帝，是曰陳皇后。」

若再參考義山之前其他詩人的作品，則能明白「金屋貯嬌」在詩人的
時代已是個固定用語。

　　　梁・費昶〈長門怨〉詩：

　　　「金屋貯嬌，不言君不入」

　　　陳・沈炯〈八音詩〉也有詩句曰：

　　　「金屋貯阿嬌，樓閣起迢迢」

因此，「金屋修成貯阿嬌」一語也是詩人翻用現成熟語的例子。不過，
詩人雖將原詞組中的主語單獨抽離並加入謂語，但基本上仍未更動原
有的結構方式，而是把主謂結構詞組擴寫成了主謂結構的詩句：

　　　金屋貯嬌　　金屋修成貯阿嬌
　　　└┘└┘　　└──┘└─┘└─┘

　　主　謂　　　主　　　謂
　　　　　　　　└┘└┘

　　　　　　　主　謂

義山此語可以說形態的變化極少，而熟語的形貌又十分完整，是十分
典型的明典用法。詩句中所添加的句子成分，只是義山為適應詩歌的
七言格式而作的調整。

　　　最後所要談的這個例子，雖然應該是個固定詞組，但受時間之
限，筆者未能及時搜羅到直接的例證，來具體說明在詩人所處的時代
裏它已是個定型熟語，只是聊備一格以供參考：

　　　河鮫縱玩難為室　　海蜃遙驚恥化樓〈奉同諸公題河中任中
　　　丞新創河亭四韻之作〉

　　　朱鶴齡引《史記》〈天官書〉說：

「海旁蜄（蜃）氣象樓臺，廣野氣成宮闕然。」

《本草綱目》‧鱗部一：

「〔蜃〕能吁氣成樓臺城郭之狀，將雨即見，名蜃樓，亦曰海市。」

《隋唐遺事》：

「張昌儀恃寵，請托如市。李湛曰：此海市蜃樓耳，豈長久耶？」

從明代《草本綱目》之說，知「海市蜃樓」實是由相同事物併聯而成的聯合式詞組，而義山「海蜃遙驚恥化樓」一語，與其說是變化這兩個偏正式詞組的結構，倒不如說這是詩人在節縮《史記》的敘述，並加添額外的語意成分後所形成的詩句。其實以偏正詞組「海蜃」來看，指的就是「海旁之蜃虫」，不但可與出句中的「河鮫」相對仗，同時在陳述的內容及陳述的方式上也更貼近原典，因此詩人此語既可視為成語的改用，也可是詩人溯典造語以為對句。

關於熟語的拆用，雖然在義山其他的詩體中仍可偶見，[註15]但以其高度用典的情形來說，詩人對這種技巧的運用實際上並不熱衷。此外，這種析解熟語的方法，也是義山三組「嵌字」裏，最具一般性的一組，因為我們偶爾也能在其他詩人的作品中發現這種修辭手法。以「否極泰來」一語為例，義山在其〈送千牛李將軍赴闕五十韻〉中有：「否極時還泰」之語，而白居易〈遣懷〉詩中亦有：「樂往必生悲，泰來猶否極」，可見解析熟語為詩的情況，詩歌中雖不常用，卻也不陌生。

〔註15〕如《韓碑》中的「當仁自古有不讓」一語（《李商隱詩歌集解》，頁829。），即是用改了「當仁不讓」的成語而來的。「當仁不讓」首出於論語：「當仁不讓於師」。後如後漢書的「當仁不讓，吾何辭哉」、三國志的「夫當仁不讓，況救君之難」（參見《成語熟語詞典》，劉葉秋、苑育新、許振生編，頁331。）。由此，唐時之「當仁不讓」應已成一形式固定的熟語，義山乃改寫入詩。

三、本章小結

　　以上三組，都是詩人從複合詞或熟語裏，再摻插其他語言成分的用詞法，雖然「破壞詞彙（詞組）的固定結構」是它們共同的特徵，也是義山這一治詞手段之所以獨特的原因，不過三組仍然各具特色。就義山使詞的動機和變動的範圍來說，第一組是以增加字數、擴張句長來整齊詩歌形式，其改動的範圍是從詞而至於詞組，所添加的語義成分多爲單音節限定語。第三組雖也以句式的延展爲目的，但句中所插入的字數卻遠較前者爲多，而詩人所運用的對象更成了詩句的主意。事實上，由於熟語的詞組形態多已佔去句式的大半空間，而它所具有的豐富義涵亦足爲詩句主題，因此詩人便以熟語本身的語義爲基礎，在七言格式的前提下，以固定詞組所佔剩的空間來增補、變改詞組之內涵，把原來的詞組擴充成句子。至於第二組，則可以說是三組中最特殊的一組。詩人是以詞彙的詮釋爲詩句之主幹，用詞素本有的義涵作根據，藉由詞彙的構詞成分—詞素來揣測、說明詞彙所載的內涵。因而在編詞練句的過程裏，詩人不但要分解詞彙以爲詞素，還要將詞素還原爲單音詞，或改寫爲同義之複合詞，以充任新語裏的造句成分。亦即把原先的構詞單位變成構句單位，大弧度地轉換了它們在語言結構上的基本功能。這種以個人觀點來詮釋詞義的「釋詞」手法，不但近體詩中罕有，一般詩文亦不多見，卻是詩人這類運詞法裏使用頻率最高的一組，故其分量雖然不多，但已堪稱詩人遣詞之一大特色。

第七章　結　論

　　關於李商隱的詞彙風格，向來都是研究義山之詩者喜於稱述的的主要特色之一，尤其隨著美學及修辭學等學術的發展，詩人的藝術成就更是屢被提起。如趙謙先生在他的《唐七律藝術史》中就說：

> 在取物、設色等方面，李商隱也自有審美標準。他的七律多取高華、璀璨、紋飾之物，也喜用鮮豔的明色、暖色，如黃、紅、紫、綠等，這樣，便構成了他『百寶流蘇，千絲鐵網，綺密瑰妍』（敖陶孫：《詩評》）的風格。『草細盤金勒，花繁倒玉壺』指的就是李商隱取物、設色的方法。〔註1〕

李元貞先生說：

> 義山運用「濃縮象徵」的手法至深，又喜好辭采華麗，所以常令讀者只感受到辭采的豔麗，而滑過濃縮在詩句裡的情思及象徵的意含。〔註2〕

可見詩人的詞彙特色，始終都是學者們共同關注的焦點，只是論者向以文學鑑賞的角度爲之，或言其「精密華麗」〔註3〕、或稱爲「綺密瑰妍」；〔註4〕而本文則取道於語言學的方法，嘗試借由詩人遣使詞彙

〔註1〕趙謙，《唐七律藝術史》，頁271。
〔註2〕〈論李義山律詩的風格和技巧〉，李元貞（見《李商隱詩研究論文集》，頁492）。
〔註3〕葉少蘊，《石林詩話》（引自《李義山詩歌析論》，張淑香，頁31）。
〔註4〕敖器之詩評（引文出處同〔註3〕）。

的方式與規律來探測形式美文大家——李商隱的用詞模式，歸納觀察之所得，乃有下列數點：

1. 從上述各中章可以看到，義山所使用之顏色字共計十二色，一百五三字，主要的語法功能是以擔任偏正結構名詞或名詞組之限定成分。除「紅」、「黃」、「金」、「綠」四色外，一般不以單音節詞形式出現。其中，又以一個「黃」及兩個句末的「紅」具有顏色字之形容詞性質，其餘一「金」、一「黃」、一「綠」，詩人實已轉作名詞使用，換言之，除了「紅」、「黃」之外，義山並不只把顏色字當作一般的形容詞來處理。這並不是說義山對於顏色的反應一向較為冷淡，事實上，詩人對色彩的描繪，往往是透過整首詩歌來進行的。如在〈和馬郎中移白菊見示〉詩中，義山雖用了「黃金」、「白」、「素」等色，但從詩人所取的素材「白雪」（陽春白雪，樂曲名）、「月」、「雲母」、「水精」等，卻都具有色「白」的共同特點，〔註5〕也因此紀昀才會稱此為義山「刻意寫『白』字」之作。〔註6〕這種通篇只言一色的情形，不但顯現詩人設色之用心，〔註7〕同時說明了義山寫色的方式也兼取其他不同路徑，並只不以突顯顏色字之本身為手段，因此在義山的七律作品中，顏色字的安排多為定語之語法功能，以利用顏色字本身的色質，來修飾、突出其後之主體。此外義山設色、用典及其取材之間，都呈現出特定的互動關係，而各色的語法功能亦隨之略異。以「白」色來說，詩中取「白」的對象，多已是日常生

〔註5〕〈和馬郎中移白菊見示〉詩：陶詩只採黃金實，郢曲新傳白雪英，素色不同籬下發，繁花疑自月中生，浮杯小摘開雲母，帶露旋移綴水精，偏稱含香五字客，從茲得地始芳榮。

〔註6〕紀昀，《玉谿生詩說》（引自劉學鍇、余恕誠之《李商隱詩歌集解》，頁469。）。

〔註7〕另外，《對雪》二首之一裡，亦可見義山這種全篇主寫一色的現象，只是此種寫法在李商隱的七律作品裡，只以「白」色為對象。

活中可見之詞彙名稱，故「白」也是義山顏色字群中充任構詞詞素比率最高的一色；而「紫」色的主要來源則仰仗於詩人好以神道事典入詩，因取仙界特有之奇物施色，所以顏色字「紫」用作構詞詞素的情形也就隨之而高，其比率僅次於「白」色。至於義山設色之偏好，除了一般常用的「綠」色之外，便以「金」色為主。在義山七律所用的二十九個「金」字中，出現於一般性詞語裡的「金」，頻率要比用作典故性詞語的情形略高，更說明了詩人在日常置色言物時，即偏好以「金」著色，因而「金」可說是義山用來繪建華象世界時的主要顏色。〔註8〕

2. 除了顏色字外，形成李商隱濃豔文風的主要因素還在於義山對於各類華麗性名詞的架構及運用。在李商隱一百二十首七律作品中，詩人屢用「玉」、「瓊」、「繡」、「綿」……等形象富貴華麗的詞彙來綰合成各類事物的名稱。換言之，除了色彩字所具有的特殊形象外，義山還透過「玉」、「瓊」、「繡」、「錦」等深具華貴富豔形象的字眼來搭建詩歌語言的穠麗文風，更每舉顏色字來與各類華詞相對應，這說明了詩人對華詞修飾效果的肯定。在義山的七律作品中，詩人每以堆疊顏色及華詞來併發數種不同的鮮麗形象，一首中出現六次者即有一首，出現五次者則有九首，而出現四次、三次者也各有十三首和二十首之多，架疊之頻繁由此可見。而色彩與華詞雖然都具有視象功能，但二者的內質實又不同，詩人複以交疊並陳，便能在相同的視覺刺激中，提供多樣的想像層次，可以說是義山獨具的造境手法。至於詩人所用華詞的種類，

〔註8〕趙謙先生曾說：「商隱作詩，取物設色，殊重紅紫。」（見《唐七律藝術史》，頁236。）然就義山作品中顏色字之出現頻率及其數量來看，除了自然色「綠」外，「金」色才是李商隱七律作品之主色，而「紅」、「紫」二色，只有在相加之後，其分量方才與「金」色相當。

從「玉」、「瓊」、「繡」、「錦」以至於「羅」、「綺」、「瑤」、「霓」
等，共計十四種，其中又以「玉」之爲用最爲頻繁。詩人常
以「玉」華貴、潔淨的形象來寫天上什羅諸事，同時「金」、
「玉」的相望、相對也是義山最喜安排的遣詞模式，在十一
個與「玉」相仗的顏色字中，「金」便獨佔九次，詩人取義在
於兼收「玉」之貞靜、神聖與「金」之華麗、富貴，故有此
用。「玉」以外，義山所用之「瓊」、「繡」、「錦」、「綵」、「珠」
等詞，其用量皆在五至六次，各自散落於七律之中，配以顏
色，共同疊繪出李義山七言律詩的濃麗文風。另外，這類華
詞主要是以偏正結構的形式來組成各類器物名稱，一方面是
因爲隋唐即以「偏正結構」爲主要的構詞形式之一，〔註 9〕
一方面則是由於義山本就打算以「玉」等華詞來作事物的修
飾成分，故而 "名詞+名詞" 的偏正結構，便成爲詩人構詞時
之最佳形式。而在語言結構的安排上，義山藉由 "名詞+名
詞" 形式所鑄造之華詞，絕大部分都用作句子裡的主語，是
爲義山習見之用詞模式。

3. 李商隱七言律詩的詞彙風格除由詩人的用詞習慣及組詞能力
來探究外，觀測義山對重複形式的運用，也是瞭解詩人遣詞
風格的重要路徑。在李商隱的七律作品中，共有「形容詞的
重疊」、「量詞與副詞的重疊」及「詞素與詞的重出」三種不
同的重複類型。其中，形容詞的重疊是一般詩人常用的美辭
手法，在李商隱的七律詩歌中，便有十四首、十七處可見重
疊詞之運用，是義山所使用的重複類型中，最具一般共性的
重複形式。其他如量詞的重疊，因具有理性的數量概念，在
近體詩中並不爲詩人所喜；而副詞的重疊，也因濃厚的口語
色彩而不受歡迎，然而義山卻都採之入詩。前者有四首七處

〔註 9〕見史存直，《漢語詞彙史綱要》，第四章（構詞法的發展）。

之多，而後者也有一首爲用，其量雖不特多，但就比率來說
實已遠高於其他近體詩人。同時，義山所用量詞的種類，七
處之中即有六種之多，足見詩人特意造語的用心。不過在義
山所有的重複形式中，最爲特殊的還是要屬「詞素與詞的重
出」。若由音節上分類考察，可以發現前後共有二十九首作品
曾運用此種單音節的反覆，爲義山七律中使用頻率最高的重
複形式，其間既有意義不完全的構詞詞素，也有虛詞與實詞
的重出，還有偏正名詞詞組裡中心詞的重沓，種類多樣，作
用亦不一致。詞素與虛詞的重出，受限於本身詞義內質的貧
乏不全，因此義山遣詞目的多在追求音律的諧和，而單音實
詞如形容詞「難」和副詞「不」的疊現，詞義的強調則是商
隱用詞的主要動機，至於偏正名詞詞組中心詞的重出，雖然
兼有強調詞義及塑造音韻的雙重效能，但因其詞義的理解往
往必須通過對整體詞組的認識才能完全透澈，不似單音節實
詞般獨立具體，故這類重出形式的作用，仍以音樂的渲染爲
中心。由此可見，在形式雷同的單音節重出中，仍有各種質
性不一的內在區別，義山兼採入詩，除了因緣於詩人所處之
時代尚無「字」、「詞」的分別外，主要還是導源於義山對此
種重複形式有意的探索及嘗試，因而詩人才會以近四分之一
的七律篇幅來演練此種重複形式，也才會以名詞短語之形
式、單音節詞之形式、構詞詞素之形式及數量詞組等多種的
不同形態來分別進行實驗。除了單音節的重出外，在義山七
律詩中，還有三個雙音節合義複詞的重複。這類詞彙的重出，
是義山在濃烈的感傷情緒中，藉由反覆傾訴來傳達心中遺憾
的重要手法。由於複合詞的詞義完整，加上義山詩歌中此類
重複相隔較遠，減弱了音韻諧沓吟詠的直接渲染，詞義所能
引起的注意便會相對的提昇，詩人的用詞經由這樣的反覆重
訴，便會在讀者的腦海中留下深刻的印象，故此種重複形式，

可說是義山所有重複類型中，最接近傾訴形式，而具有濃郁之抒情效能的一類。至於各類重複形式的出現位置，也頗爲整齊。重疊詞因適於寫景狀物，故常被義山放置在用來交待詩歌場景的首聯之中；雙音節的重出，乃因其稠密的情緒特質，故被義山安排在用以點明詩歌意旨的首、尾二聯裡。而以音節經營爲最大特色的單音節重出，義山之所以仍以首、尾二聯作爲設詞的主要地點，乃在於中間二聯有對仗要求，若是出現太多相同的意義單位，易使有限的詩句空間，詩意密度變得浮爛鬆垮，故而義山也僅能偶一爲之，多數時候詩人仍是以前後二聯來發揮這類單音的重複形式。

4. 「美」是所有詩歌作品共有的基本特質，詩人創作時不但要能傳達個人內在的情思，同時還要兼顧美感的需求，以上所敘便是詩人在美感要求下選詞用字所呈現的特定規律，然則詩人之造詞用字，並非字字皆能爲美感傳達而設。在詩人的傳訊過程裡，特定的詞彙或用語模式，經由一定數量的重現，便已成爲讀者對詩人言語風格總體印象裡的一環，如是之故，檢視義山作品裡不具美感特質的用詞，也是展現詩人詞彙風格可行的方式之一。在義山的詩歌作品中，這類不具美感特質但又有著一定分量的詞彙便是數詞。李商隱七律作品中的數詞，雖是隨處可見，但因詞彙本身並無美麗的形象可供依賴，而義山之設詞目的又不在突顯數詞自身，缺乏堆疊等特殊的形式經營，而只是任其散落詩中，所以容易被讀者忽略。然而義山用數，除有個人的特殊用意外，其形式之間有也呈現著一定的規律。在李商隱的七律中，數詞的使用，以一般性用法及典故用語兩類最豐，前者共有八十一個，而後者也有三十三次，二者差距雖大，然詩人用數的主要的特色卻是表現於典故性詞語裡的。義山所用之數詞，雖以一般性詞語爲主，並以虛數及基數的頻率最高，但在虛數的用法

上，義山始終只以「萬」、「千」和「百」的用量最多，在詩
人三十七次虛數用法中，便已佔去二十七首，而多數都是義
山用來誇飾距離之遠，其中又以「萬」最多，在十八個「萬」
裡即有十三個是與長度單位「里」合出，故義山對一般性詞
語裡的虛數詞，不論是種類還是用法，顯已十分固定；基數
用法也是如此。從李商隱的七律近體看來，基數用法仍以一
般常見的「一」爲主體，在三十一首作品中，便佔了二十一
首之多，其他如「五十」、「十三」、「六」、「五」、「雙」、「半」
等，用量不多，雖可顯示義山有擴大用數對象的企圖，不過
主要基數仍以「一」爲多。但典故性詞語裡的數詞則顯然要
活潑許多，除了五個只擔任虛數用法的「九」外，從「一」
至「十」，各有頻率不一的用數情況，加上六「雙」、二「十
二」、一「十三」及一「二十」，種類之多，足以成爲義山用
數之特色。此外，義山就典故性詞語所設之數，不但式樣多
變，同時詩人用數之目的還兼具標指典故之功效。句中數詞，
本即典故中之實事，義山藉由數詞的捻示，可以具體說明典
故之內容，故而義山所用之數每隨故事之不同而異，此爲義
山典故性詞語中數詞所以豐富的主因。關於數詞的出現位
置，從李商隱七律來看，數詞的安排仍以首、尾二聯爲主，
從一般性詞語來說，「萬」、「千」爲誇張的詞語，如義山詩裡
的「萬里」一類，一般是爲景物描繪之用詞，故適於以寫景
起始的首聯，而尾聯裡的「萬里」則深具空間阻隔之慨嘆，
也能爲句末之詩旨增添感傷之情味。至於典故性詞語裡的數
詞，一來由於典故濃縮的豐富意涵恰可作爲詩歌之主題，故
常伴隨義山用典而出現於首、尾二聯，以點明詩旨。一方面
也受限於基數本身明確的理性色彩，若用於講求對仗格式的
中間兩聯，除在平仄的斟酌外，更多了一層詩歌美感的顧慮。
5. 在取詞用色之外，從義山驅遣詞彙的態度及用詞之方式，也

能顯露詩人詞彙風格之特殊。在義山的七律近體中，詩人不但分裂結構緊密的合義複詞、熟語，並於其間填嵌其他語素以重新組合鑄詞，同時也變造詞彙之內容、轉化其結構形式，以釋詞的態度來重新縮合各個拆懈後的詞素，進而編造為詩歌語句。關於這類詞彙的特殊運用形式，本文乃分兩段三組來進行觀察。在第一組中，是義山為求詩歌形式之整齊，而在合義複詞中添加了其他單音節的限定成分，把結構緊密的詞，擴張成詞組的組織形態。在第三組中，義山亦在相同的詩歌形式要求中，進一步的將詞組形態的熟語延展為句子結構。而在第二組裡，義山則是以詮釋詞彙來架構詩句的主意，詩人透過拆解，以組織詞彙的詞素來重新編組成句，換句話說，義山是把原有的詞彙拆析為詞素，再利用這些詞素來纂寫詩句，將原來的構詞分成轉換為構句的成分，改變了它們在語言功能上原有的屬性。以上三種特殊的詞彙運用方式，雖然分量不多，卻是一般近體詩人少用的手法，故亦可視為義山遣詞特色之一。

6. 除上面各章論述的各種形式特質之外，事實上，無論是二、三章所談的顏色字和華麗性名詞的使用，或是第四章中義山對重複形式的運用，「堆積纍重」都是義山對這些詞彙主要的支遣方式。由於顏色字有鮮明的視覺示意功能，而「玉」、「繡」等精美器物的本身，亦帶有濃厚的視象特質，經由義山刻意的堆砌，兩者聯成了強烈的視覺刺激，從詞彙的形象功能上說，這是義山對具有相同形象功能的詞彙的一種堆積。而第四章裡所討論的重複形式，則是詩人在不同功能考量下的另一種堆砌模式。因為在第四章中，多數時候義山是以音節的設計為詩人反覆用字的真正目的，詞義及詞彙本身的形象，反而不是詩人運用重複技法時的重點。不過二者的動機雖然不同，但繁重的堆積卻是彼此共同的形態特徵，若再加上義山好積故實的用典特

質來看，〔註10〕則詩人借以修辭、鍊意的主要手法都在「堆
積」。簡言之，「反覆堆砌」是詩人設詞修飾時最主要的藝術手
段，也正由於義山這種以「堆砌」為中心的用詞方式，使得許
多相似的事物，透過層層的交叉疊沓，而在讀者的印象中形成
了無法言喻的「穠麗」印象。〔註11〕

7. 李商隱繁密用典的創作手法，明顯的影響了詩人自己的遣詞
　　用字。在李商隱的七律作品中，顏色字、華麗名詞以至於數
　　詞等，無論是運用方式還是出現頻率，往往都受詩人用典情
　　況而左右。如：義山顏色字「紫」之所以較其他詩人豐富，
　　即是根源於詩人喜藉仙佛之典；數詞之所以種類特多，亦在
　　於義山有好用典故之實（參見各章「典故性詩句」部分），這
　　些現象，都集中形成了李商隱詞彙風格中的一環。

　　語言風格是近代才初興不久的學科，它在台灣的歷史雖然不長，
而領域也待開拓，然其客觀取證的研究精神則值得推廣，故本文乃以
其中部分方法來探索義山詞彙風格之特質，冀由以上各種討論，能具
體掌握晚唐形式美文大家—李商隱的遣詞模式及其用詞之特色。

〔註10〕《苕溪詩話》卷十：「李商隱詩好積故實……一篇中用事者十七八。」
　　　　（引自《百種詩話續編上集》，頁 399。（引自《歷代詩話續編》，丁
　　　　福保編，木鐸出版社，台北，1988 年 7 月。）
〔註11〕同〔註10〕。

主要參考書目

參考書目依作者之姓氏筆劃排列，未錄作者姓氏者，依出版商之筆順歸列於後。

三 劃

1. 于思，《句法的邏輯分析》，中國社會科學出版社，北京，1993 年 5 月 1 版。

四 劃

1. 王力，《中國語言學史》，板橋駱駝，台北，1987 年 7 月。

2. 王力，《詩詞曲作法》，宏業書局台北，1985 年 3 月。

3. 王力，《漢語詞彙史》，商務印書館，北京，1993 年 11 月，1 版 1 刷。

4. 王瑛，《詩詞曲語辭例釋》（增訂本），中華書局，北京，1991 年 1 月，2 版 4 刷。

5. 王仁鈞，〈駕八龍之婉婉兮載雲旗之委蛇——「實詞」、「虛詞」以及詞類區分〉，《國文天地》，台北，1985 年 8 月，第 3 期。

6. 王碧蘭，〈用文字作畫——中國詩詞中的顏色應用〉，《國文天地》，台北，6 卷 2 期，1990 年 7 月 1 日。

7. 王政白，《文言實詞知識》（修訂本），安徽教育出版社，安徽，1990 年 11 月，2 版 3 刷。

8. 方瑜，《中晚唐三家詩析論》，牧童出版社，台北，1975 年 1 月初版。

9. 方師鐸，〈建立詞彙的體系〉1～6，《中國語文》，台北，17 卷 1～6 期，1965 年 7 月。

10. 毛文芳，〈走樣句的創造——試論新詩句如何突破語詞的共存限制〉，《中國語文》，台北，414 期，1991 年 12 月。

五 劃

1. 史存直，《漢語詞匯史綱要》，華東師範大學出版社，上海，1989 年 1 月，1 版 1 刷。
2. 甘玉龍、秦克霞，《新訂現代漢語語法》，天津科技翻譯出版公司，天津，1993 年 5 月，1 版 1 刷。

六 劃

1. 邢公畹，《語言論集》，商務印書館，北京，1983 年 10 月 1 版 1 刷。
2. 成傳鈞、唐仲揚、向宏業主編，《修辭通鑒》，中國青年出版社，北京，1992 年 4 月，1 版 2 刷。

七 劃

1. 沈益洪，〈語言風格與 "心理頻率" 說〉，《語言文字學》（錄自《上海大學學報》社科版，1991 年）。
2. 岑麒祥，《國外語言學論文選譯》，語文出版社，北京，1992 年 8 月，1 版 1 刷。
3. 何大安，《聲韻學中的觀念和方法》，大安出版社，台北，1991 年 8 月，2 版 1 刷。
4. 李文彬，〈變換律語法理論與文學研究〉，《中外文學》，台北，11 卷 8 期，1983 年 1 月。
5. 李元洛，《詩美學》，東大圖書公司，台北，1990 年。
6. 吳調公，《李商隱研究》，明文書局，台北，1988 年 9 月，初版。
7. 呂正惠，《唐詩論文選集》，長安出版社，台北，1985 年 4 月，初版。
8. 呂湘，《中國文法要略》，台灣商務印書館，台北，1977 年 3 月，台 1 版。

八 劃

1. 周本淳，《古代漢語》，華東師範大學出版社，上海，1993 年 3 月，1 版 4 刷。
2. 周法高，《中國古代語法構詞編》，台聯國風出版社，台北，1972 年 3 月，重刊。
3. 周法高，《中國古代語法造句編》，台聯國風出版社，台北，1972 年 3 月，重刊。

4. 周法高,《中國語言學論文集》,聯經出版事業,台北,1975 年 9 月,初版。

5. 周法高,〈二十世紀的中國語言學〉,《幼獅月刊》,台北,40 卷 6 期,1974 年 12 月。

6. 周法高,〈中國語的特質及其變遷大勢〉,《大陸雜誌》,台北,9 卷 12 期,1954 年 12 月。

7. 周英雄,《結構主義與中國文學》,東大圖書公司,台北,1983 年 3 月,初版。

8. 竺家寧,〈語言風格學之觀念與方法〉,《紀念程旨雲先生百年誕辰學術研討會論文集》,師範大學國文系所主編,臺灣書店印行,台北,1994 年 5 月。

9. 竺家寧,〈莊子內篇複音節詞之結構〉,《第一屆先秦學術國際研討會論文集》,高雄師範大學,高雄,1992 年 4 月。

10. 竺家寧,〈漢語與變換律語法〉,《淡江大學學報》,台北,創刊號,1992 年 3 月。

11. 竺家寧,〈詞義場與古漢語詞彙研究〉,《紀念林景伊師逝世十週年學術研討會論文集》,師範大學主編,台北,1993 年 6 月。

12. 竺家寧,〈義素分析法與漢語教學〉,漢語教學國際學術研討會論文 （Chinese Language Teachers Association Annual Meeting, CLTA Annual Meeting in San Antoino, Texas, USA）聖安東尼,美國,1993 年 11 月。

13. 竺家寧,〈退溪詩的兩個詞彙特性〉,《瑞安林景伊教授八十冥誕紀念論文集》,文史哲出版社,台北,1993 年 12 月。

14. 竺家寧,〈論詞彙學體系的建立〉,《陳伯元先生六秩壽慶論文集》,文史哲出版社,台北,1994 年 3 月。

15. 竺家寧,〈先秦諸子語言的新創詞對構詞法的影響〉,《第一屆國際先秦漢語語法研討會論文集》,岳麓書社,湖南,1994 年 12 月。

16. 竺家寧,〈詩經語言的音韻風格〉,第 11 屆全國聲韻學研討會論文,國立中正大學,嘉義,1993 年 4 月。

17. 竺家寧,〈詩經「思服」的詞彙結構〉,《人文學報》,台北,第 14 期,1990 年 12 月。

18. 房玉清,《實用漢語語法》,北京語言學院出版社,北京,1993 年 6 月,1 版 2 刷。

19. 松浦友久著,孫昌武、鄭天剛譯,《中國詩歌原理》,台北,洪葉文化事有限公司,1993 年 5 月,初版 1 刷。

20. 松浦友久著，陳植鍔、王曉平譯，《唐詩語匯意象論》，中華書局，北京，1992 年 5 月，1 版。

九　劃

1. 洪成玉，《古代漢語教程》，中華書局，北京，1990 年 8 月，1 版 1 刷。
2. 段德森，《實用古漢語虛詞》，山西教育出版社，山西，1992 年 8 月，2 版 2 刷。
3. 胡裕樹，《現代漢語》，新文豐，台北，1992 年 9 月，台一版。
4. 約翰・萊昂茲（John Lyons）原著，張月珍譯，《杭土基》，書林出版有限公司，台北，1992 年 8 月。

十　劃

1. 高名凱，《漢語語法論》，台灣開明書店台北 1985 年 7 月，1 版
2. 高名凱，《國語語法》，洪氏出版社，台北，1976 年 9 月。
3. 高步瀛，《唐宋詩舉要》，明倫出版社，台北，1971 年 10 月。
4. 索緒爾（FerdinanddeSaussure），《普通語言學教程》，弘文館出版社，台北，1985 年 10 月，初版。
5. 格林（JudithGreene）著，方立、張景智譯，《瓊斯基》，桂冠圖書公司，台北，1992 年 1 月，初版 1 刷。

十一劃

1. 符淮青，《現代漢語詞彙》，北京大學出版社，1987 年 6 月，1 版 2 刷。
2. 張相，《詩詞曲語辭匯釋》，洪葉文化，台北，1993 年 4 月，初版 1 刷。
3. 張世祿，《古代漢語》，洪葉文化，台北，1992 年 9 月，初版 1 刷。
4. 張永言，《語文學論集》，語文出版社，北京，1992 年 1 月，1 版 1 刷。
5. 張清常，《語言學論文集》，商務印書館，北京，1993 年 10 月，1 版。
6. 張淑香，《李義山詩析論》，藝文印書館，台北，1987 年 3 月 2 版。
7. 張夢機，《鷗波詩話》，漢光文化事公司，1984 年。
8. 張德明，《語言風格學》，東北師範大學，1990 年 2 月，1 版 1 刷。
9. 張靜二，〈從結構主義與記號學論律詩的張力〉，《中外文學》，台北，18 卷 8、9 期，1990 年 1 月、2 月。

10. 曹逢甫，〈從主題─評論的觀點看唐宋詩的句法與賞析〉，《中外文學》，台北，17 卷 1、2 期，1998 年 6 月、7 月。

11. 梅祖麟、高友工著，黃宣範譯，〈論唐詩的語法、用字與意象〉，《中外文學》，台北，1 卷 10～12 期，1973 年 3～5 月。

12. 梅祖麟，〈文法與詩中的模稜〉，《史語所集刊》，台北，第 39 本上冊。

13. 許世瑛，《中國文法講話》（修訂本），台灣開明書店，台北，1984 年 1 月，17 版。

14. 許瑞玲，《溫庭筠詩之語言風格研究─從顏色字的使用及其詩句結構分析》，國立成功大學中國文學研究所碩士論文，1993 年 5 月。

15. 湯廷池，《國語語法研究論集》，台灣學生書局，台北，1990 年 7 月，初版 4 刷。

16. 湯廷池，《國語變形語法研究─第一集移位變形》，台灣學生書局，台北，1990 年 10 月，再版 3 刷。

17. 國立中山大學中文學會主編，《李商隱詩研究論文集》，天工書局印行，台北，1984 年 9 月，初版。

十二劃

1. 程祥徽、田小琳，《現代漢語》，書林出版有限公司，台北，1992 年 2 月。

2. 程祥徽，《語言風格初探》，書林出版有限公司，台北，1991 年 1 月。

3. 程湘清，《隋唐五代漢語研究》，山東教育出版社，1994 年 7 月，1 版 2 刷。

4. 黃永武，《中國詩學設計篇》，巨流圖書公司，台北，1992 年 5 月，1 版 10 刷。

5. 黃永武，《中國詩學考據篇》，巨流圖書公司，台北，1980 年 9 月，1 版 7 刷。

6. 黃永武，《中國詩學思想篇》，巨流圖書公司，台北，1986 年 1 月，1 版 5 刷。

7. 黃永武，《中國詩學鑑賞篇》，巨流圖書公司，台北，1984 年 8 月，1 版 7 刷。

8. 黃永武，《字句鍛鍊法》，洪範書店，台北，1992 年 10 月，初版。

9. 黃永武，《詩與美》，洪範書店，台北，1987 年 12 月，4 版。

10. 黃永武〈研究中國古典詩的重要書目〉，《幼獅學誌》，台北，14 卷 1 期，1977 年 2 月。

11. 黃盛雄，《李義山詩研究》，文史哲出版社，台北，1987 年 9 月，初

版。

12. 黃維樑，《中國詩學縱橫論》，洪範書店，台北，1986 年 11 月。

13. 黃慶萱，《修辭學》，三民書局，台北，1985 年 9 月，5 版。

14. 黃慶萱〈文學裏的象徵〉，《中華文化復興月刊》，台北，7 卷 11 期，1974 年 11 月。

15. 馮浩，《玉谿生詩集箋注》，里仁書局，台北，1981 年 8 月，台三版。

16. 喬納森‧卡勒（JonathanCuller）著，張景智譯，《索緒爾》，桂冠圖書公司，1992 年 1 月，初版 1 刷。

十三劃

1. 楊嵐，〈試論詞的表情色彩與理性意義的關係〉，《語文研究》，北京，1989 年，第 1 期。

2. 楊如雪，〈語的結構〉，《國文天地》，台北，8 卷 11 期，1993 年 4 月 1 日。

3. 楊如雪，〈婆婆、媽媽 V.S 婆婆媽媽，手足≠手&足？—國語的構詞法〉，《國文天地》，台北，8 卷 6 期，1992 年 11 月 1 日。

4. 葉嘉瑩，《中國古典詩歌評論集》，桂冠圖書，台北，1991 年 7 月，再版 1 刷。

5. 葉嘉瑩，《迦陵談詩》，東大圖書公司，台北，1970 年 4 月，初版。

6. 葉嘉瑩，《迦陵談詩二集》，東大圖書公司，台北，1985 年 2 月，初版。

7. 葉慶炳，《中國文學史》，學生書局，台北，1994 年 9 月，4 刷。

8. 雷蒙德‧查普曼（Raymond Chapman）著，王晶培審譯，《語言學與文學》，結構出版群，台北，1989 年 3 月，初版。

9. 奧托‧葉斯柏森（Otto Jespersen）著，何勇等譯，《語法哲學》，語文出版社，北京，1991 年 8 月，1 版 1 刷。

十四劃

1. 郝廷璽，《常用文言實詞探微》，北京廣播學院出版社，北京，1991 年 4 月，1 版 1 刷。

十五劃

1. 劉大杰，《校訂本中國文學發展史》，華正書局，台北，1985 年 6 月。

2. 劉叔新，〈詞語的形象色彩及其功能〉，《中國語文》，北京，1980 年，第 2 期。

3. 劉葉秋、苑育新、許振生編，《成語熟語詞典》，台灣商務印書，台北，1992 年 7 月，初版 1 刷。

4. 劉蘭英、孫全洲主編，張志公校訂，《語法與修辭》，新學識文教出版中心，台北，1990 年 1 月初版。

5. 劉學鍇、余恕誠著，《李商隱詩歌集解》，洪葉文化，台北，1992 年 10 月，初版 1 刷。

6. 潘文國、葉步青、韓洋合著，《漢語的構詞法研究》，台灣學生書局，台北，1993 年 2 月，初版。

7. 黎運漢，《漢語風格探索》，商務印書館，北京，1990 年 6 月，1 版。

8. 黎運漢、張維耿編著，《現代漢語修辭學》，商務印書館香港分館，香港，1986 年 8 月，1 版 1 刷。

9. 編委會，《語詞辭海》，夏征農主編，上海辭書出版社（上海版），1991 年 4 月初版，東華書局發行，台北，1991 年。

10. 編委會，《語言學百科詞典》，上海辭書出版社，上海，1993 年 4 月，1 版。

11. 編委會，《中國語言學大辭典》，江西教育出版社，江西，1992 年 2 月，1 版 2 刷。

12. 台灣中華書局辭海編委會、熊鈍生主編，《（增訂本）辭海》，台灣中華書局，1982 年，台二版。

十六劃

1. 趙元任，《國語語法—中國話的文法》，學海出版社，台北，1991 年 2 月，再版。

2. 趙元任，《語言問題》，台灣商務印書館，台北，1987 年 5 月，5 版。

3. 趙元任著，丁邦新譯，《中國話的文法》，中文大學出版社，香港，1984 年 9 月，第 3 次印刷。

4. 趙謙，《唐七律藝術史》，文津出版社，台北，1992 年，9 月，初版。

5. 歐陽宜璋，《碧巖集的語言風格研究——以構詞法為中心》，圓明出版社，台北，1994 年 4 月，1 版 1 刷。

6. 蕭中生，〈G. Herdan 的言語風格統計學〉，《語言研究》，1982 年，第 2 期。

7. 陳永正，《李商隱詩選》，遠流出版事業，台北，1993 年 5 月，初版 6 刷。

8. 陳秀貞，《余光中詩的語言風格研究》，國立中正大學中國文學研究所碩士論文，1993 年 7 月。

9. 陳新雄、竺師家寧等編著,《語言學辭典》,三民書局,台北,1989
   年 10 月,初版。

十七劃

1. 戴璉璋,〈中國語法中語句分析的商榷〉,《國文天地》,台北,第 1
   期,1985 年 6 月。

2. 戴璉璋,〈詩經語法研究〉,《中國學術年刊》,台北,1 期,1976 年
   12 月。

3. 繆鉞,《詩詞散論》,開明書店,台北,1979 年 3 月,6 版。

4. 謝國平,《語言學概論》,三民書局,台北,1990 年 12 月,5 版。

二十劃

1. 羅伯特・司格勒斯(RobertScholes)著,譚一明審譯,《符號學與文
   學》,結構出版群,台北,1989 年 3 月,初版。

附錄：李商隱七言律詩一百二十首

1. 〈富平少侯〉

　　七國三邊未到憂　十三身襲富平侯　不收金彈抛林外
　　卻惜銀床在井頭　綵樹轉燈珠錯落　繡檀迴枕玉雕鎪
　　當關不報侵晨客　新得佳人字莫愁

2. 〈覽古〉

　　莫恃金湯忽太平　草間霜露古今情　空糊頹壤眞何益
　　欲舉黃旗竟未成　長樂瓦飛隨水逝　景陽鐘墮失天明
　　迴頭一弔箕山客　始信逃堯不爲名

3. 〈隋師東〉

　　東征日調萬黃金　幾竭中原買鬥心　同令未聞誅馬謖
　　捷書惟是報孫歆　但須鸑鷟巢阿閣　豈假鴟鴞在泮林
　　可惜前朝玄菟郡　積骸成莽陣雲深

4. 〈天平公座中呈令狐令公〉

　　罷執霓旌上醮壇　慢粧嬌樹水晶盤　更深欲訴蛾眉斂
　　衣薄臨醒玉豔寒　白足禪僧思敗道　青袍御史擬休官
　　雖然同是將軍客　不敢公然子細看

5. 〈牡丹〉

　　錦幃初卷衛夫人　繡被猶堆越鄂君　垂手亂翻雕玉佩
　　折腰爭舞鬱金裙　石家蠟燭何曾剪　荀令香爐可待熏
　　我是夢中傳彩筆　欲書花葉寄朝雲

6. 〈贈趙協律晳〉

俱識孫公與謝公　　二年歌哭處還同　　已叨鄒馬聲華末
更共劉盧族望通　　南省恩深賓館在　　東山事往妓樓空
不堪歲暮相逢地　　我欲西征君又東

7. 〈重有感〉

玉帳牙旗得上遊　　安危須共主君憂　　竇融表已來關右
陶侃軍宜次石頭　　豈有蛟龍愁失水　　更無鷹隼與高秋
晝號夜哭兼幽顯　　早晚星關雪涕收

8. 〈令狐八拾遺見招送裴十四歸華州〉

二十中郎未足稀　　驊駒先自有光輝　　蘭亭讌罷方回去
雪夜詩成道韞歸　　漢苑風煙催客夢　　雲臺洞穴接郊扉
嗟余久抱臨邛渴　　便欲因君問釣磯

9. 〈和友人戲贈二首〉

東望高樓會不同　　西來雙燕信休通　　仙人掌冷三霄露
玉女窗虛五夜風　　翠袖自隨迴雪轉　　燭房尋類外庭空
殷勤莫使清香透　　牢合金魚鎖桂叢

10. 〈和友人戲贈二首〉

迢遞青門有幾關　　柳梢樓角見南山　　明珠可貫須爲珮
白玉堪裁且作環　　子夜休歌團扇掩　　新正未破剪刀閑
猿啼鶴怨終年事　　未抵勳爐一夕間

11. 〈題二首後重有戲贈任秀才〉

一丈紅薔擁翠篔　　羅窗不識繞街塵　　峽中尋覓長逢雨
月裏依稀更有人　　虛爲錯刀留遠客　　枉緣書札損文鱗
遙知小閤還斜照　　羨殺烏龍臥錦茵

12. 〈及第東歸次灞上卻寄同年〉

芳桂當年各一枝　　行期未分壓春期　　江魚朔雁長相憶
秦樹嵩雲自不知　　下苑經過勞想像　　東門追餞又差池
霸陵柳色無離恨　　莫枉長條贈所思

13. 〈韓同年新居餞韓西迎家室戲贈〉

籍籍征西萬戶侯　　新緣貴婿起朱樓　　一名我漫居先甲

　　　千騎君翻在上頭　　雲路招邀迴綵鳳　　天河迢遞笑牽牛
　　　南朝禁臠無人近　　瘦盡瓊枝詠四愁

14. 〈安定城樓〉
　　　迢遞高城百尺樓　　綠楊枝外盡汀洲　　賈生年少虛垂涕
　　　王粲春來更遠遊　　永憶江湖歸白髮　　欲迴天地入扁舟
　　　不知腐鼠成滋味　　猜意鵷雛竟未休

15. 〈回中牡丹爲雨所敗二首〉
　　　下苑他年未可追　　西州今日忽相期　　水亭暮雨寒猶在
　　　羅薦春香暖不知　　舞蝶殷勤收落蕊　　有人惆悵臥遙帷
　　　章臺街裏芳菲伴　　且問宮腰損幾枝

16. 〈回中牡丹爲雨所敗二首〉
　　　浪笑榴花不及春　　先期零落更愁人　　玉盤迸淚傷心數
　　　錦瑟驚絃破夢頻　　萬里重陰非舊圃　　一年生意屬流塵
　　　前溪舞罷君迴顧　　併覺今朝粉態新

17. 〈和韓錄事送宮人入道〉
　　　星使追還不自由　　雙童捧上綠瓊輈　　九枝燈下朝金殿
　　　三素雲中侍玉樓　　鳳女顚狂成久別　　月娥孀獨好同遊
　　　當時若愛韓公子　　埋骨成灰恨未休

18. 〈奉和太原公送前楊秀才戴兼招楊正字戎〉
　　　潼關地接古宏農　　萬里高飛雁與鴻　　桂樹一枝當白日
　　　芸香三代繼清風　　仙舟尚惜乖雙美　　綵服何由得盡同
　　　誰憚士龍多笑疾　　美髯終類晉司空

19. 〈無題二首之一〉
　　　昨夜星辰昨夜風　　畫樓西畔桂堂東　　身無綵鳳雙飛翼
　　　心有靈犀一點通　　隔座送鉤春酒暖　　分曹射覆蠟燈紅
　　　嗟余聽鼓應官去　　走馬蘭臺類轉蓬

20. 〈曲池〉
　　　日下繁香不自持　　月中流豔與誰期　　迎憂急疎鼓鐘斷
　　　分隔休燈滅燭時　　張蓋欲判江灩灩　　迴頭更望柳絲絲
　　　從來此地黃昏散　　未信河梁是別離

21. 〈曲江〉

望斷平時翠輦過　空聞子夜鬼悲歌　金輿不返傾城色
玉殿猶分下苑波　死憶華亭聞唳鶴　老憂王室泣銅駝
天荒地變心雖折　若比傷春意未多

22. 〈詠史〉

歷覽前賢國與家　成由勤儉破由奢　何須琥珀方爲枕
豈得眞珠始是車　運去不逢青海馬　力窮難拔蜀山蛇
幾人曾預南薰曲　終古蒼梧哭翠華

23. 〈與同年李定言曲水閒話戲作〉

海燕參差溝水流　同君身世屬離憂　相攜花下非秦贅
對泣春天類楚囚　碧草暗侵穿苑路　珠簾不捲枕江樓
莫驚五勝埋香骨　地下傷春亦白頭

24. 〈臨發崇讓宅紫微〉

一樹穠姿獨看來　秋庭暮雨類輕埃　不先搖落應爲有
已欲別離休更開　桃綬含情依露井　柳綿相憶隔章臺
天涯地角同榮謝　豈要移根上苑栽

25. 〈過伊僕射舊宅〉

朱邸方酬力戰功　華筵俄歎逝波窮　迴廊簷斷燕飛出
小閣塵凝人語空　幽淚欲乾殘菊露　餘香猶入敗荷風
何能更涉瀧江去　獨立寒沙弔楚宮

26. 〈贈劉司戶蕡〉

江風揚浪動雲根　重碇危檣白日昏　已斷燕鴻初起勢
更驚騷客後歸魂　漢廷急詔誰先入　楚路高歌自欲翻
萬里相逢歡復泣　鳳巢西隔九重門

27. 〈潭州〉

潭州官舍暮樓空　今古無端入望中　湘淚淺深滋竹色
楚歌重疊怨蘭叢　陶公戰艦空灘雨　賈傅承塵破廟風
目斷故園人不至　松醪一醉與誰同

28. 〈楚宮〉

湘波如淚色漻漻　楚厲迷魂逐恨遙　楓樹夜猿愁自斷

女蘿山鬼語相邀　空歸腐敗猶難復　更因腥臊豈易招
但使故鄉三戶在　綵絲誰惜懼長蛟

29.〈七月二十九日崇讓宅讌作〉
露如微霰下前池　風過迴塘萬竹悲　浮世本來多聚散
紅蕖何事亦離披　悠揚歸夢惟燈見　濩落生涯獨酒知
豈到白頭長只爾　嵩陽松雪有心期

30.〈哭劉蕡〉
上帝深宮閉九閽　巫咸不下問銜冤　黃陵別後春濤隔
湓浦書來秋雨翻　只有安仁能作誄　何曾宋玉解招魂
平生風義兼師友　不敢同君哭寢門

31.〈贈別前蔚州契苾使君〉
何年部落到陰陵　奕世勤王國史稱　夜掩牙旗千帳雪
朝飛羽騎一河冰　蕃兒襁負來青塚　狄女壺漿出白登
日晚鸊鵜泉畔獵　路人遙識郅都鷹

32.〈出關宿盤豆館對叢蘆有感〉
蘆葉梢梢夏景深　郵亭暫欲灑塵襟　昔年曾是江南客
此日初為關外心　思子臺邊風自急　玉孃湖上月應沈
清聲不遠行人去　一世荒城伴夜砧

33.〈鄭州獻從叔舍人褒〉
蓬島煙霞閬苑鐘　三管篆奏附金龍　茅君奕世仙曹貴
許掾全家道氣濃　絳簡尚參黃紙案　丹爐猶用紫泥封
不知他日華陽洞　許上經樓第幾重

34.〈和劉評事永樂閒居見寄〉
白社幽閒君暫居　青雲器業我全疏　看封諫草歸鸞掖
尚賁衡門待鶴書　蓮耸碧峰關路近　荷翻翠蓋水堂虛
自探典籍忘名利　欹枕時驚落蠹魚

35.〈行次昭應縣道上送戶部李郎中充昭義攻討〉
將軍大旆掃狂童　詔選名賢贊武功　暫逐虎牙臨故絳
遠含雞舌過新豐　魚遊沸鼎知無日　鳥覆危巢豈待風
早勒勳庸燕石上　佇光綸綍漢庭中

36. 〈和馬郎中移白菊見示〉
陶詩只採黃金實　郢曲新傳白雪英　素色不同籬下發
繁花疑自月中生　浮杯小摘開雲母　帶露旋移綴水精
偏稱含香五字客　從茲得地始芳榮

37. 〈喜聞太原同院崔侍御臺拜兼寄在臺三二同年之什〉
鵬魚何事遇屯同　雲水升沈一會中　劉放未歸雞樹老
鄒陽新去兔園空　寂寥我對先生柳　赫奕君乘御史驄
若向南臺見鶯友　爲傳垂翅度春風

38. 〈題道靖院院在中條山故王顏中丞所置虢州刺史捨官居此今寫眞
存焉〉
紫府丹成化鶴群　青松手植變龍文　壺中別有仙家日
嶺上猶多隱士雲　獨坐遺芳故成事　褰帷舊貌似元君
自憐築室靈山下　徒望朝嵐與夕曛

39. 〈題小松〉
憐君孤秀植庭中　細葉輕陰滿座風　桃李盛時雖寂寞
雪霜多後始青蔥　一年幾變枯榮事　百尺方資柱石功
爲謝西園車馬客　定悲搖落盡成空

40. 〈奉同諸公題河中任中丞新創河亭四韻之作〉
萬里誰能訪十洲　新亭雲構壓中流　河鮫縱玩難爲室
海蜃遙驚恥化樓　左右名山窮遠目　東西大道鎖輕舟
獨留巧思傳千古　長與蒲津作勝遊

41. 〈春日寄懷〉
世間榮落重逡巡　我獨邱園坐四春　縱使有花兼有月
可堪無酒又無人　青袍似草年年定　白髮如絲日日新
欲逐風波千萬里　未知何路到龍津

42. 〈過故府中武威公交城舊莊感事〉
信陵亭館接郊畿　幽象遙通晉水祠　日落高門喧燕雀
風飄大樹撼熊羆　新蒲似筆思投日　芳草如茵憶吐時
山下祇今黃絹字　淚痕猶墮六州兒

43. 〈茂陵〉

漢家天馬出蒲梢　　苜蓿榴花遍近郊　　內苑只知含鳳觜
屬車無復插雞翹　　玉桃偷得憐方朔　　金屋修成貯阿嬌
誰料蘇卿老歸國　　茂陵松柏雨蕭蕭

44.〈宋玉〉
何事荊臺百萬家　　惟教宋玉擅才華　　楚詞已不饒唐勒
風賦何曾讓景差　　落日渚宮供觀閣　　開年雲夢送煙花
可憐庾信尋荒徑　　猶得三朝託後車

45.〈寄令狐學士〉
秘殿崔嵬拂彩霓　　曹司今在殿東西　　賡歌太液翻黃鵠
從獵陳倉獲碧雞　　曉飲豈知金掌迥　　夜吟應訝玉繩低
鈞天雖許人間聽　　閶闔門多夢自迷

46.〈玉山〉
玉山高與閬風齊　　玉水清流不貯泥　　何處更求回日馭
此中兼有上天梯　　珠容百斛龍休睡　　桐拂千尋鳳要棲
聞道神仙有才子　　赤簫吹罷好相攜

47.〈贈田叟〉
荷蓧衰翁似有情　　相逢攜手繞村行　　燒畬曉映遠山色
伐樹暝傳深谷聲　　鷗鳥忘機翻浹洽　　交親得路昧平生
撫躬道直誠感激　　在野無賢心自驚

48.〈漢南書事〉
西師萬眾幾時迴　　哀痛天書近已裁　　文吏何曾重刀筆
將軍猶自舞輪臺　　幾時拓土成王道　　從古窮兵是禍胎
陛下好生千萬壽　　玉樓長御白雲杯

49.〈荊門西下〉
一夕南風一葉危　　荊門迴望夏雲時　　人生豈得輕離別
天意何曾忌嶮巇　　骨肉書題安絕徼　　蕙蘭蹊徑失佳期
洞庭湖闊蛟龍惡　　卻羨楊朱泣路岐

50.〈淚〉
永巷長年怨綺羅　　離情終日思風波　　湘江竹上痕無限
峴首碑前灑幾多　　人去紫臺秋入塞　　兵殘楚帳夜聞歌

朝來灞水橋邊問　　未抵青袍送玉珂

51. 〈無題〉
　　萬里風波一葉舟　　憶歸初罷更夷猶　　碧江地沒元相引
　　黃鶴沙邊亦少留　　益德冤魂終報主　　阿童高義鎮橫秋
　　人生豈得長無謂　　懷古思鄉共白頭

52. 〈九日〉
　　曾共山翁把酒時　　霜天白菊繞階墀　　十年泉下無消息
　　九日樽前有所思　　不學漢臣栽苜蓿　　空教楚客詠江蘺
　　郎君官貴施行馬　　東閣無因得再窺

53. 〈深宮〉
　　金殿銷香閉綺櫳　　玉壺傳點咽銅龍　　狂颮不惜蘿陰薄
　　清露偏知桂葉濃　　斑竹嶺邊無限淚　　景陽宮裏及時鐘
　　豈知爲雨爲雲處　　只有高唐十二峰

54. 〈井絡〉
　　井絡天彭一掌中　　漫誇天設劍爲峰　　陣圖東聚煙江石
　　邊柝西懸雪嶺松　　堪歎故君成杜宇　　可能先主是眞龍
　　將來爲報奸雄輩　　莫向金牛訪舊蹤

55. 〈杜工部蜀中離席〉
　　人生何處不離群　　世路干戈惜暫分　　雪嶺未歸天外使
　　松州猶駐殿前軍　　座中醉客延醒客　　江上晴雲雜雨雲
　　美酒成都堪送老　　當罏仍是卓文君

56. 〈利州江潭作〉
　　神劍飛來不易銷　　碧潭珍重駐蘭橈　　自攜明月移燈疾
　　欲就行雲散錦遙　　河伯軒窗通貝闕　　水宮帷箔卷冰綃
　　他時燕脯無人寄　　雨滿空城蕙葉彫

57. 〈重過聖女祠〉
　　白石巖扉碧蘚滋　　上清淪謫得歸遲　　一春夢雨常飄瓦
　　盡日靈風不滿旗　　萼綠華來無定所　　杜蘭香去未移時
　　玉郎會此通仙籍　　憶向天階問紫芝

58. 〈無題四首之二〉

來是空言去絕蹤　月斜樓上五更鐘　夢為遠別啼難喚
書被催成墨未濃　蠟照半籠金翡翠　麝熏微度繡芙蓉
劉郎已恨蓬山遠　更隔蓬山一萬重

59. 〈無題四首之二〉
颯颯東風細雨來　芙蓉塘外有輕雷　金蟾齧鎖燒香入
玉虎牽絲汲井迴　賈氏窺簾韓掾少　宓妃留枕魏王才
春心莫共花爭發　一寸相思一寸灰

60. 〈促漏〉
促漏遙鐘動靜聞　報章重疊杳難分　舞鸞鏡匣收殘黛
睡鴨香爐換夕熏　歸去定知還向月　夢來何處更為雲
南塘漸暖蒲堪結　兩兩鴛鴦護水紋

61. 〈贈司勳杜十三員外〉
杜牧司勳字牧之　清秋一首杜陵詩　前身應是梁江總
名總還曾字總持　心鐵已從干鏌利　鬢絲休歎雪霜垂
漢江遠弔西江水　羊祜韋丹盡有碑

62. 〈無題〉
相見時難別亦難　東風無力百花殘　春蠶到死絲方盡
蠟炬成灰淚始乾　曉鏡但愁雲鬢改　夜吟應覺月光寒
蓬萊此去無多路　青鳥殷勤為探看

63. 〈野菊〉
苦竹園南椒塢邊　微香冉冉淚涓涓　已悲節物同寒雁
忍委芳心與暮蟬　細路獨來當此夕　清樽相伴省他年
紫雲新苑移花處　不取霜栽近御筵

64. 〈昨日〉
昨日紫姑神去也　今朝青鳥使來賒　未容言語還分散
少得團圓足怨嗟　二八月輪蟾影破　十三絃柱雁行斜
平明鐘後更何事　笑倚牆邊梅樹花

65. 〈一片〉
一片非煙隔九枝　蓬巒仙仗儼雲旗　天泉水暖龍吟細
露盌春多鳳舞遲　榆莢散來星斗轉　桂花尋去月輪移

人間桑海朝朝變　　莫遣佳期更後期

66.〈對雪二首〉

寒氣先侵玉女扉　　清光旋透省郎闈　　梅花大庾嶺頭發
柳絮章臺街裏飛　　欲舞定隨曹植馬　　有情應濕謝莊衣
龍山萬里無多遠　　留待行人二月歸

67.〈對雪二首〉

旋撲珠簾過粉牆　　輕於柳絮重於霜　　已隨江令誇瓊樹
又入盧家妒玉堂　　侵夜可能爭桂魄　　忍寒應欲試梅粧
關河凍合東西路　　腸斷斑騅送陸郎

68.〈隋宮守歲〉

消息東郊木帝迴　　宮中行樂有新梅　　沈香甲煎爲庭燎
玉液瓊蘇作壽杯　　遙望露盤疑是月　　遠聞鼉鼓欲驚雷
昭陽第一傾城客　　不踏金蓮不肯來

69.〈辛未七夕〉

恐是仙家好別離　　故教迢遞作佳期　　由來碧落銀河畔
可要金風玉露時　　清漏漸移相望久　　微雲未接過來遲
豈能無意酬烏鵲　　惟與蜘蛛乞巧絲

70.〈宿晉昌亭聞驚禽〉

羈緒鰥鰥夜景侵　　高窗不掩見驚禽　　飛來曲渚煙方合
過盡南塘樹更深　　胡馬嘶和榆塞笛　　楚猿吟雜橘村砧
失群掛木知何限　　遠隔天涯共此心

71.〈王十二兄與畏之員外相訪見招小飲時予以悼亡日近不去因寄〉

謝傳門庭舊末行　　今朝歌管屬檀郎　　更無人處簾垂地
欲拂塵時簟竟床　　嵇氏幼男猶可憫　　左家嬌女豈能忘
愁霖腹疾俱難遣　　萬里西風夜正長

72.〈無題二首〉

鳳尾香羅薄幾重　　碧文圓頂夜深縫　　扇裁月魄羞難掩
車走雷聲語未通　　曾是寂寥金燼暗　　斷無消息石榴紅
斑騅只繫垂楊岸　　何處西南待好風

73.〈無題二首〉

重幃深下莫愁堂　　臥後清宵細細長　　神女生涯元是夢
小姑居處本無郎　　風波不信菱枝弱　　月露誰教桂葉香
直道相思了無益　　未妨惆悵是清狂

74. 〈赴職梓潼留別畏之員外同年〉
佳兆聯翩遇鳳凰　　雕文羽帳紫金床　　桂花香處同高第
柿葉翻時獨悼亡　　烏鵲失棲常不定　　鴛鴦何事自相將
京華庸蜀三千里　　送到咸陽見夕陽

75. 〈籌筆驛〉
魚鳥猶疑畏簡書　　風雲長為護儲胥　　徒令上將揮神筆
終見降王走傳車　　管樂有才真不忝　　關張無命欲何如
他年錦里經祠廟　　梁父吟成恨有餘

76. 〈錦瑟〉
錦瑟無端五十絃　　一絃一柱思華年　　莊生曉夢迷蝴蝶
望帝春心托杜鵑　　滄海月明珠有淚　　藍田日暖玉生煙
此情可待成追憶　　只是當時已惘然

77. 〈即日〉
一歲林花即日休　　江間亭下悵淹留　　重吟細把真無奈
已落猶開未放愁　　山色正來銜小苑　　春陰只欲傍高樓
金鞍忽散銀壺滴　　更醉誰家白玉鉤

78. 〈題僧壁〉
捨身求道有前蹤　　乞腦剜身結願重　　大去便應欺粟顆
小來兼可隱針鋒　　蚌胎未滿思新桂　　琥珀初成憶舊松
若信貝多真實話　　三生同聽一樓鐘

79. 〈寫意〉
燕雁迢迢隔上林　　高秋望斷正長吟　　人間路有潼江險
天外山惟玉壘深　　日向花間留返照　　雲從城上結層陰
三年已制思鄉淚　　更入新年恐不禁

80. 〈二月二日〉
二月二日江上行　　東風日暖聞吹笙　　花鬚柳眼各無賴
紫蝶黃蜂俱有情　　萬里憶歸元亮井　　三年從事亞夫營

新灘莫悟遊人意　更作風簷夜雨聲

81.〈題白石蓮華寄楚公〉

白石蓮花誰所供　六時長捧佛前燈　空庭苔蘚饒霜露
時夢西山老病僧　大海龍宮無限地　諸天雁塔幾多層
漫誇鷲子眞羅漢　不會牛車是上乘

82.〈梓州罷吟寄同舍〉

不揀花朝與雪朝　五年從事霍嫖姚　君緣接坐交珠履
我爲分行近翠翹　楚雨含情皆有託　漳濱多病竟無憀
長吟遠下燕臺去　惟有衣香染未銷

83.〈飲席戲贈同舍〉

洞中屐響省分攜　不是花迷客自迷　珠樹重行憐翡翠
玉樓雙舞羨鵾雞　蘭迴舊蕊緣屏綠　椒綴新香和壁泥
唱盡陽關無限疊　半杯松葉凍頗黎

84.〈行至金牛驛寄興元渤海尚書〉

樓上春雲水底天　五雲章色破巴牋　諸生箇箇王恭柳
從事人人庾杲蓮　六曲屏風江雨急　九枝燈檠夜珠圓
深慚走馬金牛路　驟和陳王白玉篇

85.〈留贈畏之三首之一〉

清時無事奏明光　不遣當關報早霜　中禁詞臣尋引領
左川歸客自迴腸　郎君下筆驚鸚鵡　侍女吹笙弄鳳凰
空記大羅天上事　眾仙同日詠霓裳

86.〈正月崇讓宅〉

密鎖重關掩綠苔　廊深閣迴此徘徊　先知風起月含暈
尚自露寒花未開　蝠拂簾旌終展轉　鼠翻窗網小驚猜
背燈獨共餘香語　不覺猶歌起夜來

87.〈水齋〉

多病欣依有道邦　南塘晏起想秋江　卷簾飛燕還拂水
開戶暗蟲猶打窗　更閱前題已披卷　仍斟昨夜未開缸
誰人爲報故交道　莫惜鯉魚時一雙

88.〈詠三學山〉

五色玻璃白晝寒　　當年佛腳印施檀　　萬絲織出三衣妙
貝葉經傳一偈難　　夜看聖燈紅菡萏　　曉驚飛石碧琅玕
更無鸚鵡因緣塔　　八十山僧試說看

89.〈少年〉
外戚平羌第一功　　生年二十有重封　　直登宣室蝯頭上
橫過甘泉豹尾中　　別館覺來雲雨夢　　後門歸去蕙蘭叢
灞陵夜獵隨田竇　　不識寒郊自轉蓬

90.〈藥轉〉
鬱金堂北畫樓東　　換骨神方上藥通　　露氣暗連青桂苑
風聲偏獵紫蘭叢　　長籌未必輸孫皓　　香粟何勞問石崇
憶事懷人兼得句　　翠衾歸臥繡簾中

91.〈九成宮〉
十二層城閬苑西　　平時避暑拂虹霓　　雲隨夏后雙龍尾
風逐周王八馬蹄　　吳岳曉光連翠巘　　甘泉晚景上丹梯
荔枝盧橘沾恩幸　　鸞鵲天書濕紫泥

92.〈碧城三首〉
碧城十二曲闌干　　犀辟塵埃玉辟寒　　閬苑有書多附鶴
女床無樹不棲鸞　　星沈海底當窗見　　雨過河源隔座看
若是曉珠明又定　　一生長對水精盤

93.〈碧城三首〉
對影聞聲已可憐　　玉池荷葉正田田　　不逢蕭史休回首
莫見洪崖又拍肩　　紫鳳放嬌銜楚珮　　赤鱗狂舞撥湘絃
鄂君悵望舟中夜　　繡被焚香獨自眠

94.〈碧城三首〉
七夕來時先有期　　洞房簾箔至今垂　　玉輪顧兔初生魄
鐵網珊瑚未有枝　　檢與神方教駐景　　收將鳳紙寫相思
武皇內傳分明在　　莫道人間總不知

95.〈蜂〉
小苑華池爛漫通　　後門前檻思無窮　　宓妃腰細纔勝露
趙后身輕欲倚風　　紅壁寂寥崖蜜盡　　碧簷迢遞霧巢空

　　　　青陵粉蝶休離恨　　長定相逢二月中

96.　〈可歎〉

　　　　幸會東城宴未迴　　年華憂共水相催　　梁家宅裏秦宮入
　　　　趙后樓中赤鳳來　　冰簟且眠金鏤枕　　瓊筵不醉玉交杯
　　　　宓妃愁坐芝田館　　用盡陳王八斗才

97.　〈馬嵬二首之一〉

　　　　海外徒聞更九州　　他生未卜此生休　　空聞虎旅鳴宵柝
　　　　無復雞人報曉籌　　此日六軍同駐馬　　當時七夕笑牽牛
　　　　如何四紀為天子　　不及盧家有莫愁

98.　〈十字水期韋潘侍御同年不至時韋寓居水次故郭汾寧宅〉

　　　　伊水濺濺相背流　　朱欄畫閣幾人遊　　漆燈夜照眞無數
　　　　蠟炬晨炊竟未休　　顧我有懷同大夢　　期君不至更沈憂
　　　　西園碧樹今誰主　　與近高窗臥聽秋

99.　〈酬崔八早梅有贈兼見示之作〉

　　　　知訪寒梅過野塘　　久留金勒為迴腸　　謝郎衣袖初翻雪
　　　　荀令熏爐更換香　　何處拂胸資蝶粉　　幾時塗額藉蜂黃
　　　　維摩一室雖多病　　要舞天花作道場

100.　〈送崔玨往西川〉

　　　　年少因何有旅愁　　欲為東下更西遊　　一條雪浪吼巫峽
　　　　千里火雲燒益州　　卜肆至今多寂寞　　酒壚從古擅風流
　　　　浣花牋紙桃花色　　好好題詩詠玉鉤

101.　〈人日即事〉

　　　　文王喻復今朝是　　子晉吹笙此日同　　舜格有苗旬太遠
　　　　周稱流火月難窮　　鏤金作勝傳荊俗　　翦綵為人起晉風
　　　　獨想道衡詩思苦　　離家恨得二年中

102.　〈柳〉

　　　　江南江北雪初消　　漠漠輕黃惹嫩條　　灞岸已攀行客手
　　　　楚宮先騁舞姬腰　　清明帶雨臨官道　　晚日含風拂野橋
　　　　如線如絲正牽恨　　王孫歸路一何遙

103.　〈春雨〉

悵臥新春白袷衣　　白門寥落意多違　　紅樓隔雨相望冷
珠箔飄燈獨自歸　　遠路應悲春晼晚　　殘宵猶得夢依稀
玉璫緘札何由達　　萬里雲羅一雁飛

104.〈贈鄭讜處士〉
浪跡江湖白髮新　　浮雲一片是吾身　　寒歸山觀隨碁局
暖入汀洲逐釣輪　　越桂留烹張翰鱠　　蜀薑供煮陸機蓴
相逢一笑憐疏放　　他日扁舟有故人

105.〈南朝〉
玄武湖中玉漏催　　雞鳴埭口繡襦迴　　誰言瓊樹朝朝見
不及金蓮步步來　　敵國軍營漂木柹　　前朝神廟鎖煙煤
滿宮學士皆顏色　　江令當年只費才

106.〈隋宮〉
紫泉宮殿鎖煙霞　　欲取蕪城作帝家　　玉璽不緣歸日角
錦帆應是到天涯　　於今腐草無螢火　　終古垂楊有暮鴉
地下若逢陳後主　　豈宜重問後庭花

107.〈聖女祠〉
松篁臺殿蕙香幃　　龍護瑤窗鳳掩扉　　無質易迷三里霧
不寒長著五銖衣　　人間定有崔羅什　　天上應無劉武威
寄問釵頭雙白燕　　每朝珠館幾時歸

108.〈銀河吹笙〉
悵望銀河吹玉笙　　樓寒院冷接平明　　重衾幽夢他年斷
別樹羈雌昨夜驚　　月榭故香因雨發　　風簾殘燭隔霜清
不須浪作縅山意　　湘瑟秦簫自有情

109.〈聞歌〉
斂笑凝眸意欲歌　　高雲不動碧嵯峨　　銅臺罷望歸何處
玉簪忘還事幾多　　青冢路邊南雁盡　　細腰宮裏北人過
此聲腸斷非今日　　香地燈殘奈爾何

110.〈贈華陽宋眞人兼寄清都劉先生〉
淪謫千年別帝宸　　至今猶識蕊珠人　　但驚茅許同仙籍
不記劉盧是世親　　玉檢賜書迷鳳篆　　金華歸駕冷龍鱗

不因杖履逢周史　　徐甲何曾有此身

111. 〈水天閒話舊事〉

月姊曾逢下彩蟾　　傾城消息隔重簾　　已聞珮響知腰細
更辨絃聲覺指纖　　暮雨自歸山峭峭　　秋河不動夜厭厭
王昌且在牆東住　　未必金堂得免嫌

112. 〈中元作〉

絳節飄颻空國來　　中元朝拜上清迴　　羊權雖得金條脫
溫嶠終虛玉鏡臺　　曾省驚眠聞雨過　　不知迷路為花開
有娀未抵瀛洲遠　　青雀如何鴆鳥媒

113. 〈流鶯〉

流鶯漂蕩復參差　　度陌臨流不自持　　巧囀豈能無本意
良辰未必有佳期　　風朝露夜陰晴裏　　萬戶千門開閉時
曾苦傷春不忍聽　　鳳城何處有花枝

114. 〈贈從兄閬之〉

悵望人間萬事違　　私書幽夢約忘機　　荻花村裏魚標在
石蘚庭中鹿跡微　　幽境定攜僧共力　　寒塘好與月相依
城中猘犬憎蘭佩　　莫損幽芳久不歸

115. 〈汴上送李郢之蘇州〉

人高詩苦滯夷門　　萬里梁王有舊園　　煙幌自應憐白紵
月樓誰伴詠黃昏　　露桃塗頰依苔井　　風柳誇腰住水村
蘇小小墳今在否　　紫蘭香徑與招魂

116. 〈當句有對〉

密邇平陽接上蘭　　秦樓鴛瓦漢宮盤　　池光不定花光亂
日氣初涵露氣乾　　但覺遊蜂饒舞蝶　　豈知孤鳳更離鸞
三星自轉三山遠　　紫府程遙碧落寬

117. 〈子初郊墅〉

看山對酒君思我　　聽鼓離城我訪君　　臘雪已添牆下水
齋鐘不散檻前雲　　陰移竹柏濃還淡　　歌雜漁樵斷更聞
亦擬村南買煙舍　　子孫相約事耕耘

118. 〈復至裴明府所居〉

　　　　伊人卜築自幽深　　桂巷杉蘿不可尋　　柱上雕蟲對書字
　　　　槽中秣馬仰聽琴　　求之流輩豈易得　　行矣關山方獨吟
　　　　賒取松醪一斗酒　　與君相伴灑煩襟

119.　〈和人題真娘墓〉
　　　　虎邱山下劍池邊　　長遣遊人歎逝川　　冒樹斷絲悲舞席
　　　　出雲清梵想歌筵　　柳眉空吐效顰葉　　榆莢還飛買笑錢
　　　　一自香魂招不得　　祗應江上獨嬋娟

120.　〈題劍閣詩〉
　　　　峭壁橫空限一隅　　劃開元氣建洪樞　　梯航百貨通邦計
　　　　鍵閉諸蠻屏帝都　　西懾犬戎威北狄　　南吞荊郢制東吳
　　　　千年管鑰誰鎔範　　只自先天造化爐